Ildánach《イルダーナフ》

— End of Cycle —

多宇部貞人

Illustration コレフジ

CHARACTER

ルゥ

ハイブラゼル空軍所属の隊長。
英雄と呼ばれるが、戦闘は好まない。
第二世代のハイ・エルフ。創造主アナの死に立ち会い、
死を強く意識するようになる。
【アンバール】ルゥの愛機、伝説級の戦闘機。
銀色に輝くその機体は、当代最高のミスリル銀含有率を誇る、
『槍』と呼ばれる超越兵装を搭載している。

ブリジッド

謎多き快活なエルフの少女。
「聖娼」と呼ばれる教団によって保護された巫女。

CHARACTER

ヴァラー

ルゥ率いる空軍部隊の部下。
ルゥをライバル視し、我が強く好戦的な性格。
ヴァハとは犬猿の仲。
【クルワッハ】ヴァラーが乗る、漆黒の戦闘機。
荒々しい操縦にも耐えうる高性能な機動力と
戦闘力を兼ね備えた前衛的な機体。

ヴァハ

ルゥの遺伝データを基にして造られた。
隊長のルゥを守ることに忠実な
第三世代のエルフ。性格はクールで堅物。
【レーア】ヴァハが搭乗する、青き戦闘機。
スピードに長け、暗殺的な遊撃を得意とする。
副官として戦場を飛び回る。

ホリン

ルゥの部下。少し生意気な性格だが、
ルゥを慕っている。ヴァハと同じくルゥの
遺伝データを基にして造られた第四世代。
動体視力がよい。
【ファリニシュ】ホリンが乗る、白い機体。
偵察・哨戒を得意とするレーダー機。

ガヴィーダ

ルゥの部下。元工業プラント職員の巨漢。
穏やかな気性で面倒見がよいため、
ヴァラーの尻ぬぐいをさせられることが多い
【ガイネ】燃える炎のようなカラーリングの、
ガヴィーダの機体。搭載弾薬の多さから動きは鈍いが、
非常に火力に長け、装甲も分厚い。

ヌァザ

片腕の将軍。陸海空、全軍の統括者。
性格はいたって温厚だが、戦闘では
「ハイブラゼルの軍神」とも呼ばれる実力者。
【アーガトラム】戦闘機ではなく、
ヌァザが指揮する超巨大な空母。
これが動くときは総力戦とされる、
動く超越兵器。

マクリール

人間を信仰する教団ハイブラゼル支部の教祖。
聖母アナに最初に創られたハイ・エルフ。
感情を持つことを禁じ罰してきた、
ハイブラゼルの隠れた暴君。

アナ

女神と呼ばれる、エルフたちの創造主。
その存在は神格化され、
教団における聖母として広く認知されている。

KEYWORD

〈ハイ・エルフ〉

第一世代・第二世代の、古いエルフたちのこと。
最古の女神たるアナをはじめ、
去っていった神々と触れ合っていた特別な世代。

〈リア・ファイル・システム〉

エルフたちが肉体の死を超越して転生するための転生機構。
全身複製と、複製素体への脳内情報の遠隔転送。
献身種族に暫定的永遠を与える技術。

〈ハイブラゼル〉

美しい自然と軍事技術の融合したエリアで
「至福の島」とも呼ばれるエルフ族の拠点。
ハイブラゼルのエルフは、機械操縦に於いて
抜群のセンスと低酸素・高重力・低重力耐性を持つ。

〈グラズヘル〉

豊富な鉱山資源と、それに裏打ちされた
高度な軍事力を有すドワーフ族の拠点。
ドワーフたちは高い製錬・精錬技術を持ち、洞穴の中で暮らす。

〈イワヤト〉

水田がどこまでも広がる牧歌的なエリアで
半植物・半動物の小人たちスクナ族の拠点。海軍が強い。

〈エリュシオン〉

巨大な蟻塚が幾つも広がる殺風景なエリア。
戦闘に長けたアリ人間ミュルミドーン族の拠点。
白兵戦が得意で空戦・海戦は強くない。

CONTENTS

DESIGN：木村デザイン・ラボ

――長い長い旅をしてきた。

今や故郷は遠い彼方に、もしくは昔日の記憶の中に、小さく瞬《またた》くだけ。

私たちはそれでも、進まなければならない。いつか荒野に斃《たお》れるとしても。

愛する者のため。愛してくれた者のため。ただひとつの命を震わせて。

それが、それこそが、きっと……

0　デッドエンド・ブルー

空……何処《どこ》までも青い空。それと、吹き渡る風。

他には何もない。陸地も、水平線も見えない。太陽さえもない。太陽がないということは、時間がないということだ。此処《ここ》は永遠に青い。

足元、遥《はる》か下方は青い光の中に茫洋《ぼうよう》としている。視線を上げれば果てしなく昏《くら》い。闇《やみ》の彼方《かなた》に、寂しげに瞬《またた》く星々が見える。この辺りの空は全ての色を秘めている。星空への畏怖《いふ》、夕暮れの寂寞《せきばく》、青空の憧憬《しょうけい》……光と闇の汽水域《きすいいき》。

ところで、自分は墜《お》ちようとしているのだろうか？　それとも、昇って行く途中？　わからない。何処に行くべきかなんて、わかるわけがない。自分が何者なのかすらわからないのに。ただ、何かをしなければいけなかったことだけは憶《おぼ》えている。そして、それがもう間に合わないことも。二度と、永遠に、取り返しがつかないことも。だから、胸にあるのは焦燥ではない。後悔だ。

遥か遠い何処かから吹いてきた風が、幽《かす》かな囁《ささや》き声となって響いた。

《──幸せでいて、ずっと……幸せでいて……》

優しげな声。今にも泣きそうなのに、無理に微笑《ほほえ》んでいるような。誰《だれ》のものだったか？　胸が締め付けられる。その甘さが後悔をうずかせる。雨粒が河となって大海に注ぐように、全ての感情は後悔へと繫《つな》がっている。きっと大切な誰かだったのだろう。

《ごめんよ……ごめん……》

相手も理由もわからないまま、ただ謝っていた。不誠実で、無意味な謝罪。誰かの為《ため》ではなく、ただ自分がそうしたいだけの。

温《ぬく》もりを宿した風はすぐに吹き去り、次にやって来たのは、身を切るような冷たい響きだった。威厳に満ちた声が言う。

《受け入れろ……さあ。忘れるのだ、全てを》

──忘れる？　何を？

自分は何かを忘れたのだろうか？　だから此処に居るのか？　この何処までも美しく、それでいて空虚な世界に。

《忘れろ、お前の罪を》

紺碧《こんぺき》に染まった風が、後から後から幾重にも吹いてきては、音となって砕けていく。岩にぶつかった波が飛沫《しぶき》をあげるように。それらはどれも、意味を持たないざわめきだ。自分にとって確かなことはひとつだけ。何もかも遅かったということだけ。

《ごめん……ごめんよ》

空。何処までも自由な空。
しかし、何処にも辿《たど》り着けはしない。此処には後悔しかないのだから。

1　英雄と死者の帰還

風を受ける機体の軋《きし》み、燃え盛る内燃機関の咆哮《ほうこう》、絶え間ないエグゾースト……それらの轟《ごう》音《おん》が他の音を押し潰《つぶ》してしまうので、此処はいっそ静謐《せいひつ》だった。

耐圧処理が施されたコックピットの内部。

生物の内臓を思わせるケーブルの隙間《すきま》に、棺桶然《かんおけぜん》としたバケット・シートがあって、ルゥ72は其処《そこ》にすっぽりと収まっていた。まるでこの機体の部品の一つにでもなってしまったようで、それはあながち間違ってもいない。高価な部品、黄金の歯車、重要な臓器。

網膜《もうまく》に直接投影される位置情報が、滝のような速度で更新されていく。じき、子午線湾《サイナス・メリディアニ》上空へと到達する。赤道直下に広がる海。この星に生きるあらゆる者たちにとって記念碑的な場所。其処が、今日の戦闘空域となる。

『――こちらクルワッハ。アンバール、応答願います、どうぞ』

突然飛び込んできた僚機間通信が、コックピット内部の完成された空間に爪を立てた。自分が取るに足らない、ちっぽけな存在へと引き戻されるように感じられて、ルゥは眉間《みけん》に皺《しわ》を寄せた。舌を動かすのも億劫《おっくう》だ。

『おいアンバール、応答しやがれ！　どうぞ！』

根負けして口を開く。

『……こちらアンバール、どうした？　何か問題でもあったのか？』

『問題？　俺は絶好調だよ。絶好調なのが問題なんだ。もう我慢できそうにねえんだ……おあつらえ向きに目の前に、お前の魅力的なケツが見えるじゃねーか。なあ？　ブチ込んでやろうか？』

クルワッハのパイロット、ヴァラー991の品のない言動は、いつもルゥを辟易《へきえき》させた。戦いの前はいつもこうだ。

『用がないなら通信してくるな』

『あァ？　なんだよ、つめてえなァ……退屈なんだよ。ただ飛ぶだけなら鳩《はと》でもできる。早く戦わせてくれよ、なァ！』

――鳩の方がマシだよ。絡《から》んでこないからな。

『なァ、おい、ルゥ！　うるさいって思ってんだろ？　いいぜ！　なんならお前が俺にブチ込んでくれてもいいんだ。仲間にヤラれるってのも、気持ちイイからな。やれよ、ほら、やってみろって！』

ヴァラーは生粋《きっすい》の戦争狂《ウォーモンガー》で、もう長い付き合いになるが、どこまでも性格が合わない。

島嶼《とうしょ》国家ハイブラゼルに棲《す》むエルフ族は、標準的な性質として風と遊ぶことを好む。ルゥも例に漏《も》れず、飛行機に乗ること自体は嫌いではなかったが、戦いは昔から嫌いだった。兵士なんかにはなりたくなかった。

ただのパイロットでいられたら、どんなによかっただろう？　だがそれは叶《かな》わない。戦闘機に適応させられた素体だからだ。うんざりだった。戦闘も、部下に煽《あお》られるのも。

『いい加減にしろよ……もうじき戦闘だぞ』

溜息《ためいき》混じりに返した言葉は、旧世代のミサイルよりも容易《たやす》くスルーされてしまう。

『ははっ！　なあルゥ、今日も勝負といこうじゃねえか。俺とお前、どっちが多く敵を撃墜《げきつい》するかだ』

『今日も？　ぼくは一度だって、きみと勝負したことなんてない。いつもきみが勝手にやってるだけじゃないか』

笑い声が返る。

『いいねえ、その態度！　憶えとけ、宣言したら、そんときから勝負成立なんだよ。やるぜ、撃墜王《トップガン》！』

ぶつりと鉈《なた》で断ち切るような調子で、通信は切れた。コックピットは狭すぎて、肩を竦《すく》めることもできない。第三者が聞いていない宣言に何の意味があるというのか。

ヴァラーのせいで生まれたノイズを、身体《からだ》から全て追い出すように、ルゥは大きく息を吐いた。それから自分の脳と、愛機アンバールに搭載されたCPUとを繋ぐ無線回路を完全に開き、管制機関《アビオニクス》との接続深度を高めてゆく。同調率四〇……六〇……八〇パーセント……肉体の感覚が希薄になっていく。

——ぐん。

空気を切り裂いていく主翼の重たさ。装甲を滑る風の冷たさ。機体が帯びる熱。数字的な情報に過ぎないはずのそれら全てが、感覚として押し寄せてきた。脳の襞《ひだ》が一斉に開くような感覚。凄《すさ》まじい昂揚感《こうようかん》が全身を駆け巡る。

操縦者と機体の完全なる同調を可能とする、超管制機関《パラ・アビオニクス・システム》の恩恵を受け、今やルゥは、栄養失調気味の弱々しいエルフではない。アンバール——銀の剣《つるぎ》にも似た鋭利なフォルムの戦闘機、そのものとなった。

機体に搭載された全方位カメラとレーダーは、生身では決して得られない、鮮烈な視界を与えてくれる。

空と宇宙の端境《はざかい》は、名づけることの叶わない、無数の青で織り上げられた、一つとて同じ色のない織物《テクスタイル》。遥か眼下には、貴婦人のヴェールさながらに星を覆《おお》う雲の隙間から、緑に覆われた地表が覗《のぞ》く。前方には子午線湾《サイナス・メリディアニ》の青い海面が、陽光を反射して煌《きら》めいている。遠景に苔生《こけむ》した岩山のように聳《そび》えているのは、かつてこの世界をお創りになった神々が乗ってきたと語られる、伝説の舟だ。

ああ、なんて美しい風景だろう！　神々の故郷、『聖地』は、言葉にできないほど美しい世界だったと語られているが、これ以上なのだろうか？　だとすれば想像もつかない。

神々の御業《みわざ》と、何世代にも続く開拓者たちの弛《たゆ》まぬ努力が、赤茶けた荒野に過ぎなかったこの星をここまで変えた。それでも未《いま》だ南半球は荒野に覆われており、限られた生存圏を奪い合って、戦火は止《や》まない……と、そういうことになっている。

そんな様々な事情とはまるで関係なく、空は何処までも美しかった――ああ、いつまでもこうして、ただ飛んでいられたらいいのに。

スピードはいい。風が何もかも洗い流してくれる。地上のわずらいも、心の澱《おり》も……飛んでいるときだけは、何もかも忘れていられる。

『――こちらレーア。アンバール、応答願います』

再びルゥの耳小骨《じしょうこつ》を震わせたのは、抑揚のない、若い娘の声だった。

同調率が高まった今、ルゥとしての肉体の唇《くちびる》を開くことが、酷《ひど》く億劫に感じられた。

『……こちらアンバール、どうぞ』

『戦闘空域に到達しました。全機に臨戦指示を』

ウァハ266。ヴァラーに言わせれば「頭の固い、面白みのない女」らしいが、ルゥは副官である彼女に、全幅の信頼を寄せていた。気遣いが細やかで仕事には手を抜かない性質《たち》だ。酒の席ですら笑っているところを見たことがないが、それが生来の気質なのか、後天的なものかはわからない。

ウァハの言葉に従って、全隊通信回線を開いた。一足早く同調を終えた今、面倒なコンソールの操作は必要ない。感覚的に機能を操作できる。

『アンバールより各機。高度を落とし、スーパークルーズより戦闘速度へ移行。同調率を上げるんだ。繰り返す。戦闘速度へ移行……』

『敵影確認《タリ・ホー》！　スレープニルです！』

スタッカート気味な少年の声が、通信に割り込んでくる。

『ははっ、やっぱり出てきましたね、アイツ！　僕らの隊長に勝てっこないのに……やっつけちゃってくださいねっ！』

警戒機ファリニシュを駆る、ホリン310だった。やや落ち着きがない性格だが、その分目端が利《き》く。彼の目は小隊全員の目だ。

すかさず敵機からの通信が入った。

《――当方、グラズヘル司令機スレープニル。応答願う》

並々ならぬ覇気《はき》が感じられる波形。

軍国グラズヘル最強と謳《うた》われる戦闘機、スレープニルのパイロットは、ヴォーダイン206をおいて他にはない。グラズヘルの将軍にして、軍神と謳われる戦士、かなりの大物だ。国家間の趨勢《すうせい》を決める戦いとなれば、出てくるだろうと予想はしていた。

《こちらハイブラゼルのアンバール、どうぞ》
アンバールも通信を返す。
《おお！　やはり貴様か、アンバール！　先月は部下が世話になったようだな。相手にとって不足はない。早速始めようぞ！》
——ああ、まったく……勘弁《かんべん》してくれ。
死にたくないという一心で、ルゥは勝ちすぎてしまった。今や建国以来の英雄と呼ばれ、各国のエースに目の敵《かたき》にされている。
《ククク……ヒャッハアーッ！》
瞬間、クルワッハから発せられた、下卑《げび》た信号思念が回線を埋め尽くした。急加速し、横一列《アブレスト》から単機飛び出す。空の向こう、ようやくアンバールのレーダーにも引っかかり始めた敵機へと向け、黒い機体が奔《はし》っていく。
《不足はねえって？　そりゃこっちの台詞《せりふ》だ！　墜としてやるぜ、スレープニル！》
《ほう？　言うではないか、ハイブラゼルの狂犬め。面白い！》
クルワッハとスレープニルの間で交わされる、熱を孕《はら》んだ会話に、レーアの冷ややかな嘆息が混じる。
《あの馬鹿《ばか》……》
《……ガイネ、補佐する》

朴訥《ぼくとつ》さを感じさせる声は、ルゥ麾下《きか》最後の一機ガイネの操縦者、ガヴィーダ506のものだ。物静かな大男で、元は工業プラント職員であったという。何かと面倒見がよく、必然的にクルワッハの補佐に回ることが多い。上司としては申し訳なく思う。

ガイネが燃料再燃焼《アフターバーナー》による爆発的な加速を見せた。その赤い機体は、自らが引く炎の尾と一体になりながら、瞬時にクルワッハの機影へと追いつく。競うようにクルワッハも更《さら》に加速し、赤と黒、戦火の色の二機編隊《エレメント》は、瞬く間に決戦距離へと到達した。

一機につき二発、計四発のミサイルを射出した後、二機は推力偏向《ベクタード・スラスト》による鋭角の軌道を描き、左右に分かれていく。尾を引く飛行機雲《ヴェイパー・トレイル》——そして次の瞬間、爆発の振動が大気を貫いた。

ミサイルが炸裂《さくれつ》したのではない。

今やアンバールの光学機器でも、敵軍全機が確認できていた。五機全てが黒紫のカラーリングで、嵐の夜空を思わせる。中央にスレープニルを据《す》え、後方に二機の警戒機、フギンとムニン。左右に二機の戦闘機、フレーキとゲリ。その二機が、大量のミサイルを吐き出した音だった。入道雲のように膨《ふく》れあがった噴煙を貫いて、無数の弾頭が姿を見せる。

生存本能がチリチリと焦げ付く感覚。

《——レーア、ファリニシュ、下だ！》

一声かけてから、アンバールは急降下を始めた。麾下の二機が遅れてそれに続く。

間を置かず、次々に起こる爆発。生み落とされた凄まじい弾幕雲は、スレープニルに向けて放たれた四発のミサイルを容易く迎撃し、それを放った二機を追い始め、更にはアンバールたちをも呑《の》み込もうとしていた。

グラズヘルのミサイルは、ひとつひとつが生体部品を内蔵しており、自ら思考し炸裂する生物のようなものだ。その性能は地対空《パトリオット》に限定されないが、愛国者的《パトリオット》ではある。

やがて大きな爆発が連続して起こり、クルワッハとガイネの識別信号が途絶えた。この空では、死はあまりにも早い。

残された三機は青く澄んだ湖面を掠《かす》めるほどの低空で飛行し、破壊の雨を掻《か》い潜《くぐ》っていく。着水したミサイルは翻《ひるがえ》って襲ってくることがない分、上空に居るよりはまだ救いはあるが、生存確率が極めて低いことに変わりはない……

《た、隊長！　無理ですよコレ、僕の足じゃ……う、うわあーっ！》

回線を震わせた少年の悲鳴が、爆発音に掻き消された。ファリニシュの白い機体が火柱の中に消える。レーダー機器の重量が災いしたのだろう。

仲間たちの残骸《ざんがい》が、遥か下方の海面に降り注ぐ振動を、アンバールの研ぎ澄まされた機体感覚が拾う。この美しい海域の底には、数多《あまた》の戦闘機が苔生し、屍《しかばね》たちが魚に喰《く》われているのだろう……脳裏に思い描いた光景に、一瞬心を奪われている間に、愛国者《パトリオット》たちの丁寧《ていねい》な包囲網は完成していた。蟻《あり》の這《は》い出る隙もない。

——死にたくない！

アンバールの部品のひとつが、突然動作不良を起こした。ルゥという名の、腹立たしいほどに出来の悪い部品が。

心拍数の上昇、呼吸不全、全身の硬直……数秒後に迫った死の恐怖に襲われ、為《な》す術《すべ》なく身を竦ませている。アンバールの戦闘用ＡＩと同化した意識は、その情けない姿を客観的に眺《なが》めている……

そのとき、レーアが機首を上げた。

《……道を開きます》

淡々と言うと、己もミサイルをばら撒《ま》きながら、微塵《みじん》の躊躇《ためら》いもなく必殺の弾幕へと突進していく。

巻き起こる閃光《せんこう》と衝撃。たくさんのミサイルたちを道連れに、レーアは炎と煙になって散った。あの青い機体の破片は、さぞ美しく水底《みなそこ》に降り積もるだろう。

恐怖を習慣で上書きし、風を孕んでアンバールは加速する。ミサイルの威力圏を掠めるように、レーアが開けてくれた小さな穴をくぐる。噴煙と炎の洗礼を、そしてひょっとしたら、ウァハの血肉を浴びながら。敵の五機を見上げる形で、その背後へと抜けた。

《ほう、我が全身全霊の砲火を避《よ》け切ったか！　敵ながら見事な腕前、それでこそ戦う甲斐《かい》があるというものよ！》

スレープニルからの通信には、揶揄《やゆ》するような響きは一切ない。怯《おび》えや憎しみ、罪悪感、そういう陰りもない。戦いの歓喜だけがある。熱に浮かされたような通信が続く。

《さあ、もっとだ！　もっとわしを驚嘆させてくれ！》

自らが抱く矜持《きょうじ》と相手への賞賛が、嫌みなく同居している。ヴォーダイン。グラズヘルの誇る偉大な軍神。

──おい、ルゥ！　いつまでビクビクしているつもりだ？

己の中に生まれたバグを叱咤《しった》する。

──演じろ。英雄らしく。不敵に、傲慢《ごうまん》に、悪辣《あくらつ》に、冷酷《れいこく》に。でなければ墜とされるだけだ。生き抜きたければ……演じろ！

《……あんたの騎士道に付き合ってちゃ、命が幾つあっても足りないな》

溜息は大袈裟《おおげさ》に。波形は尊大に。

《なんだと？》

《悪いが、逃げさせてもらうよ》

アンバールは言い残し、敵に後ろを見せたまま加速した。

《足なら負けない。時間切れまで燃料がもつかは怪しいが、それで墜落するとして、あんたに墜とされるよりマシだろ……それじゃ、さよなら》

《お、おお……おのれ貴様アッ！》

スレープニルは怒りも露《あら》わに叫んだ。電子回線が怒りで粟立《あわだ》つ。

《聞きしに勝《まさ》る外道《げどう》ぶり、戦士としての誇りはないのか！　ハイブラゼルの民《たみ》の名誉はどうなる？　貴様を信じて散った、戦友たちの名誉は？》

スレープニルがキレのあるターンを見せた。

《そのような幕切れ、断じて許さぬわ！》

アンバールは速い。情報戦に特化したフギンとムニン、大量の火器を搭載したフレーキとゲリは、その動きについていけない。僚機を置き去りにして、スレープニルは単身アンバールを追い始めた。

《足なら勝てるだと？　馬鹿め、勇なき者にこのわしが劣ることは、何一つない！》

背後からぐんぐんと迫る、尋常ならざるプレッシャーに、アンバールは――ルゥは震えた。とても恐ろしく思うが、憧《あこが》れも感じていた。あんな風に誰恥じることなく、雄々《おお》しく生きられたらどんなにいいだろう。

――駄目だ、捨て去れ。ルゥとしての感情など全て。

奇跡に奇跡を継がなければ、死線は越えられない。生身で渡るには困難すぎる道程《みちのり》だ。ルゥは再びアンバールの裡《うち》に沈み込む。

スレープニルが迫り、被照準アラートが冷たい水のようにコックピットを満たした瞬間、アンバールは機首をグンと上げた。

機体の腹で気流を受ける――減速、急より緩へ――激しいG、エンジンの震え――空の青、海の青――一回転、推力偏向《ベクタード・スラスト》を用いたクルビット機動――スレープニルを先に行かせ、その後方に舞い降りる――天使のように安らかに――理想的な射撃位置《トゥエルブ・オクロック・ハイ》。

あまりにも鮮やかに、攻守は逆転した。

スレープニルが驚きの声を上げるより早く、アンバールのハードポイントが始まりの火を噴いた。射出される鉄塊《てっかい》。

迫りくる弾頭を、スレープニルの電子的迎撃《ソフトキル》システムが撃ち墜とさんとするが、それは叶わない。アンバールが撃ったものはミサイルではなくロケットだからだ。誘導装置などついていない。ハイブラゼルの戦士たちが目視だけで当てるそれを、他国の民は魔弾と呼んで恐れた……。

一瞬後、爆振。生命の断末魔、死の産声《うぶごえ》。

間近より迫る爆風の勢いに乗って、そのまま強引に機首を流し、後方へと向けた。スレープニルと他の四機は、高いレベルで同期している。頭を失ったに等しい四機には今、一瞬の隙が生まれている。

アンバールが次々にミサイルを撃ち放てば、四つの激しい爆発が夏の空を彩《いろど》った。青空に残響が轟《とどろ》き、飛び散った無数の破片が、海面に波紋を刻んでいく。

カーニヴァルの幕が閉じる。十分な犠牲《ぎせい》と、ただひとりの勝者。

「……ヴォーダイン、あんたは強いよ、ぼくなんかよりずっと」
寂寞と哀切《あいせつ》に満ちた空域からゆっくりと飛び去りながら、ルゥは痩《や》せた唇で、懺悔《ざんげ》のような賞賛の言葉を落とした。
「ただ……ぼくの方が、あんたより臆病者《おくびょうもの》だった。それだけだよ」

子午線湾《サイナス・メリディアニ》より遥か東、ユートピア海域の南西。中央にエリシウム山を擁《よう》する至福の島《ハイブラゼル》。そのアッパータウンに位置する大聖堂では、この度《たび》の戦で死んだ者を悼《いた》み、帰還した英雄を讃《たた》える祭典が開かれていた。

――主よ、いと高き聖地におわします主よ……
荒れ野へと微小精霊群《エレメンタル》を遣わされ、
相応《ふさわ》しき反射能《アルベド》を整え、
緑成す地を御創《おつく》りになられた、偉大なる主よ……
全ての殉教者《じゅんきょうしゃ》らの魂《たましい》を、深き淵《ふち》より御救い下さい……
響き渡る鎮魂歌《レクイエム》。一見古風で荘厳《そうごん》な石造りの建築物でありながら、よくよく見れば石の強度ではちょっとありえないほどの、アクロバティックな巨大さとフォルムを有している。
教団——この星に生きる民の実に九割を信徒とするそれは、もはや宗教というより、道徳、常識、普遍的意識、そういったものに近しい。かつては確かに在り、今は遠くに去ってしまった神々を奉じるドグマ。

——聖なるかな、聖なるかな、聖なるかな……

獅子《しし》のあぎと、九泉《きゅうせん》の刑場、昏き誘《いざな》いより御救い下さい……

ああ、慈《いつく》しみ深き方よ……


彼ら。聖歌《アンセム》を斉唱している者たち。英雄の晴れ姿を一目見ようと堂内にあふれ、柱で区切られた側廊《バシリカ》にまで参列している者たち。壇上にて、あらゆる罪を許すような微笑を浮かべながら、目前にかしずく英雄の首に勲章《くんしょう》をかける大教主《だいきょうしゅ》、マクリール9。そして英雄、ルゥ。

彼らは皆生命力に満ち、眉目秀麗《びもくしゅうれい》だった。そうと生まれつかなかったあらゆる者が夢見るであろう、黄金率の肉体を具《そな》えていた。

構造生物学と遺伝子操作の逸品。神々の善き隣人として、その偉大なる御手により創り出された献身種族《けんしんしゅぞく》、亜人《デミ・ヒューマン》と総称される生命体のうち、創造主よりエルフの呼称を与えられた種である。

今日戦ったドワーフや、その他にもスクナやミュルミドーン、ドラゴニュート、ライカンスロープなど……多彩なデミ・ヒューマンがこの星には生きている。去っていってしまった神々を想《おも》い、悼みながら、明けることのない喪《も》に服し続けている。

この星は神々の墓標。彼らの紡《つむ》ぐ時間は、神々の墓碑銘《エピタフ》だ。

「――我らが同胞ルゥ72よ、良くぞ祖国に勝利の栄光をもたらしてくれた。神々も御喜び下さるだろう」

大教主の言葉に、ルゥが黙礼を返せば、参列者たちから波のような歓声が押し寄せて、その背をぐんと押した。煽られるように立ち上がると、猫背気味の背を伸ばし、俯《うつむ》きがちな顔を上げて振り向いた。薄い胸を張って壇を下りる。同胞たちに比べて貧相な身体を無理に鼓舞《こぶ》しながら、万雷の拍手の中を歩く。にこやかに手を振り返す余裕さえ見せて……必死に英雄を演じる。

――早く立ち去りたい。可能なら走り去りたい。

居心地が悪いどころの騒ぎではなく、生きた心地がしない。背中は冷たい汗で濡《ぬ》れていた。此処には欺瞞《ぎまん》しかなかった。英雄からして演技なら、それを取り巻く民の歓喜雀躍《かんきじゃくやく》もまた演技なのだから。

感情とは、神々にのみ許された特権だ。

例えば夕暮れの町に出て、ダウンタウンの酒場《バー》に行けば、上手《うま》くいかない仕事の愚痴《ぐち》を吐く女や、彼女を口説く男の姿があるだろう。休日にミドルタウンの闘技場《コロシアム》に行けば、馬上弓試合の賭博《とばく》が当たっただの外れただの、悲喜こもごもの人生模様を見ることができるだろう。

優しくされれば喜びもする。いきなり殴《なぐ》られれば怒りもする。身内が死ねば哀《かな》しみもするし、繁華街に繰り出して楽しみもする。しかしそれらは全て、神々を敬愛する気持ちの代替品だった。エルフは神々の真似《まね》をしてコミュニティを築き、神々の真似をして異性を愛し、神々の真似をして戦争をしているだけ。

ルゥとてエルフだ。それも、神々と直接交信していた最古の世代、高位《ハイ》エルフのひとりだ。そういう気性は理解できるし、そうありたいと思ってもいる。しかし、ただひとつ、決定的な違いがある。

恐怖――とりわけ死への恐れ。彼の中にいつからか芽生えていた衝動。それゆえに、誰よりも必死に戦ってきた。そして、必死さに見合う勝ち星も収めてきた。

神々からエルフたちが受け継いだ価値観からすれば、ルゥは間違いなく英雄で、しかし献身種族の、すなわち教団の価値観からすれば違う。それは排除すべき異物と紙一重だ。隠し通さなければならない。なんとしても。

礼拝堂を出て正門を潜る。

そこはハイブラゼルの町並みを見下ろす山の中腹で、頭上には紫色の夜空。大気に瀰漫《びまん》する微小精霊群《エレメンタル》が、島全土を覆う環境保全フィルムを形成し、その向こうに夏の星座が輝いている。木と石とセラミックスで造られた瀟洒《しょうしゃ》な町並みのあちこちには、豊かな林檎《りんご》の木が生《な》って夜風にざわめいている。四辻《よつじ》には灯明が掲げられ、浮《うわ》ついた気配に満ちていた。路面電車《トラム》は終日運転で、祭りは夜通し続くだろう。彼方には黒々とした海が見える。

聖堂前の大広場もひどく混雑していた。みな口々に話しかけてくる。これでは十歩ほども歩くまでに夜が明けてしまいそうだ。

——ああ、もう……ほっといてくれ！

にこやかに応じつつ心中で辟易していると、けたたましいクラクションが鳴って人垣が割れた。幾つも悲鳴が上がる。

石畳にタイヤの跡を刻みながら突っ込んできた、どことなく昆虫めいたフォルムの金属の塊《かたまり》——オートモービルは、あわやルゥを轢《ひ》き殺さんとする寸前で止まった。運転席のウインドウが開き、

「ヘイ、乗ってくかい、大将？」

浅黒い肌の男が、シニカルな笑顔を覗かせて言った。ルゥは周囲への挨拶《あいさつ》もそこそこに、後部座席へと飛び込む。柔らかいシートに身を沈めて、ようやく一息ついた。

「助かったよ」

またクラクションを響かせ、オートモービルを発進させながら、運転席の男は得意げに、

「ほら見ろよウァハ、コイツ苦手なんだって、ああいうの」

「そんなのわかってます」

ルゥの隣、長いお下げの娘が返す。淡々と、しかしやや憮然《ぶぜん》として。

「迎えに行くっつったら、お前止めたじゃねえか」

「別に止めてません。大聖堂に突っ込むとか言うから、やめろって言っただけ」

運転手と言い合う少女の向こうから、利発そうな瞳《ひとみ》が印象的な少年がこっそり身を乗り出すと、ルゥへと小声で言った。

「お疲れ様です、隊長。大変でしたね」

身を屈《くっ》したまま、軽く手を上げて返す。疲労困憊《ひろうこんぱい》だ。

「やはり、慣れないものか？」

そう続けたのは、助手席に座った美丈夫だった。座席からはみ出しそうなほどの巨軀《きょく》をなんとか折り畳んで、窮屈《きゅうくつ》そうにしている。

「ああ……無理だ。何度やっても」

ルゥは溜息混じりに返しながら、ようやく身を起こした。仲間内ではアガリ症だということになっている。

仲間。すなわち、ルゥと同じく軍指定の制服を着て、オートモービルに乗っている四名。つまり今日の戦闘で、子午線湾《サイナス・メリディアニ》の空に散ったはずの四名。ヴァラー、ウアハ、ホリン、ガヴィーダ。彼らは確かに彼ら自身だった。他の誰でもなく。

かつて絶滅に瀕《ひん》した神々は、様々な手を講じて迫りくる運命に抗《あらが》おうとした。全力を以《もっ》て果敵に戦い、結果敗れはしたものの、多くの魔法が残された。燃え尽きる前の蝋燭《ろうそく》が灯《とも》した、強大な光の残照。

転生機構リア・ファイル・システムもそのうちの一つだ。全身複製と、複製素体への脳内情報の遠隔転送。献身種族に暫定的《ざんていてき》永遠を与えたそれらの技術が、神々に対して上手く機能しなかった理由は、今となってはわからない。神々の方が自分たちよりも複雑な構造を持っていたから――つまりは高尚《こうしょう》な存在であったからだと、教団の信徒たちは考えている。

ルゥは、隣に小さく座る娘へと視線を向けた。ウァハ266――いや、今は267。名前に続くシリアル・ナンバーは、彼らが何回、肉体的な死を迎えたかを示すものだ。

「今度はまた、随分《ずいぶん》と若いね?」

ウァハは、じっとルゥを見返してきた。幼さの残る端整な顔立ちには、彼女の面影があった。

当然だが。

「もっと育った素体にしたかったのですが、これが最年長でした。他は十歳以下しかなくて」

「元々色気がねえのに、ますますなくなったな、ひでえもんだ」

ヴァラー992が軽口を叩《たた》くのに、ウァハはその背もたれを軍靴《ぐんか》で蹴《け》りつけた。

「ヒャハハ、怖え怖え!」

「どうしたんだヴァラー? 随分機嫌がよさそうじゃないか。勝負に負けたとか言って、今頃荒れてるかと思ったよ」

ルゥは軽く身を乗り出すと、ウァハの代わりに軽口を返した。

「ああ、生まれ変わったような気分でな……と、お定まりの冗談は置いといて」

ハンドルを切って大通りへと向かいながら、ヴァラーが言う。

「悔しいさ、そりゃあな。けどまあ最悪ってわけでもない。お前がヴォーダインの野郎に墜とされて、俺たちがドワーフどもに負けてたら最悪だった。そうだったら、迎えになんか来てねえよ」

グラズヘルを統《す》べるドワーフ族は、この星の希少金属《レアメタル》採掘の為に造り出されたデミ・ヒューマンであり、そのルーツから冶金《やきん》技術に長《た》けている。背が低く筋肉質な種族で、男は大体豊かな髭《ひげ》を蓄《たくわ》えている。

「おい、前見て運転しろ」

上半身を捻《ひね》るようにして後部座席を覗くヴァラーへと、ガヴィーダ５０７が忠告した。

「んだよ、心配すんなって！　俺はこの国で一番の操縦士だぞ？」

「それはない。一番はルゥ。二番目は私」

ウァハがぴしゃりと言うが、ルゥとしては別にありがたくない。それよりヴァラーを刺激してほしくなかった。

「あァ？　なら見とけよ！」

案の定、ヴァラーはアクセルを踏み込んだ。

大通りへと出たオートモービルは、トラムやガードレールにぶつかりそうになったり、対向車からクラクションを浴びせられたりしながら、ミドルタウン方面へと下っていく。やや勾配《こうばい》があるので速度が出ている。甲高いブレーキ音が鳴るたびに、ルゥは身を竦ませていたが、そのうち堪《たま》らずに叫んだ。

「いい加減、国産車にしろ！」

金属製のオートモービルはグラズヘル製の外車で、エルフでは規格が違うため機体同調ができない。国産車はほとんど木造だが、ハイブラゼルの硬化木材は鉄を上回る強度と軟性を備えているので、外車と比べても安全性では引けをとらない。

「デザインが俺好みなんでな……それに、スリルがなきゃ面白くねえだろ？」

そう言って笑いながら、ハンドルを左右に振る。

「だったらひとりで楽しめよ！　ぼくを付き合わせるな！」

恐怖から、口調が荒くなってしまう――二度とコイツの運転する車には乗らない！　どれだけ急いでいたとしても、絶対に！

「こ、これなら僕の方が断然上手いですよ！　どこが一番なんだか……イテッ！」

ホリン311が、印象的な目を白黒させながら言えば、

「なんだとてめえ、オイ……！」

カチンときたらしいヴァラーがまた振り向いて睨《にら》む……

「――おい、前！」

ガヴィーダが強い口調で言ったとき、オートモービルはカーブを曲がり切れずに、祭りで賑《にぎ》わう歩道へと突っ込んだ。

縁石に乗り上げる衝撃、宙を舞った車体が歩行者を撥《は》ね飛ばす衝撃、立て続けに襲ってくる衝撃の中で、ルゥは恐怖に硬直したまま、見開いた目に全てを収めていた。仕事帰りだろう草臥《くたび》れたスーツ姿の男が、身を折りながら吹き飛ぶ様を。パーティーにでも行くのか、鮮やかな赤いドレスを着た女性の、スカートから伸びた片脚が千切れ飛ぶ様を。驚愕《きょうがく》に歪《ゆが》んだ表情、ボンネットに飛び散る鮮血を。

ふと、柔らかく温かな感触があった。見れば、ウァハの小さな身体が覆い被《かぶ》さっていた。彼女はいつもこうやって、ひたすらルゥを守ろうとする。

フロントガラス一杯に軟化セラミックの壁が広がり、大きな衝撃があった。

ルゥはしばらく朦朧《もうろう》としていたが、悲鳴とざわめきが耳について覚醒《かくせい》した。

「……いったたた、ちょっとちょっと、勘弁して下さいよヴァラーさん、今日だけで二回も死にたくない！」

ホリンが喚《わめ》いている。

「ルゥ、大丈夫ですか？」

見上げてくる、ウァハの綺麗《きれい》な瞳。

「ありがとう、無事だ」

ほっそりとした両肩に手をついて、ウァハの身を離すと、ルゥはドアを開けた。

車体は大破していた。乗員が無事なのは、流石《さすが》ドワーフ製といったところだ。軟化セラミックの壁が見事に砕け散って、集合住宅《コンドミニアム》の庭にまで乗り上げていた。芝生《しばふ》を踏んで降り立つ。

「……それほど被害は大きくないな。良かった」

先に降りていたガヴィーダが呟《つぶや》くのに、その視線を追って歩道を見たルゥは、生物としての反射で吐きそうになった。

常夏《とこなつ》の風が血の海に漣《さざなみ》を立て、血腥《ちなまぐさ》い臭《にお》いを翻《ひるがえ》す。ストロベリー・ジャムの色から、クランベリー・ジャムへと変わりつつある。倒れ伏した同胞たち。四肢はあらぬ方へと曲がり、破れた胴体からは納まっているべきものが色々とはみ出している。めいめいの方角を見つめる眼《まな》差《ざ》しは、つい数秒前まで命を宿していたとは思えないほど空虚で、こっちを向いた誰かのそれと目が合ったとき、今度こそルゥの口の中に酸《す》っぱいものが広がった。戦地帰りでろくに食べていないのが幸いだった。でなければ吐いていただろう。

「クソッタレめ、新車だぞ！」

ヴァラーは変わり果てた愛車を一度蹴りつけると、先んじて歩道に下りた。

「仕方ねえ、歩くか。もう近くだしな」

軍靴で血の川を踏み越えていく。ばしゃ、ばしゃ、ばしゃ……

「貴方《あなた》の運転じゃなけりゃ、何でも良《い》いです」

ホリンが溜息混じりに皮肉を返す。

彼らが何も感じていない様子なのは、当然のことだ。むしろ普通なのはあっちで、おかしいのはこっち。被害者たちはどうせすぐに復活するし、遺体は巡回クリーナーたちが片付けてくれる。死は特別なイベントではない……ルゥ以外にとって。

——どうしてぼくだけ、こうなんだ？　いつからこうなった？　みんなにとってはなんでもないことが、たまらなく怖いんだ……！

「……本当に大丈夫か？　どこか頭でも打ったか？」

ガヴィーダが心配し、ウァハが背中をさすってくれるが、ふたりに頷《うなず》いて見せるだけの余裕はなかった。


流石に今夜ばかりは、『アーモロート』も繁盛《はんじょう》しているようだった。

ミドルタウンとダウンタウンの境目に位置するこの酒場は、普段は客の入りが少なく、来たとしても地元民ばかり。その気安さが心地よくて、隊員が揃《そろ》うときはよく利用する。

例えば、アッパータウンにある『テーチエ・ブレク』などはいけない。兵舎に近くてオフィサー連中まで顔を見せるので気が休まらない。

「来ると思ってたよ、英雄さん」

酒と煙草《たばこ》と、少しの洒落《しゃれ》っ気で構成されているマスターは、ルゥを見るなり気さくに手を上げた。

まだ吐き気は治まらないが、ルゥはどうにか微笑んだ。

「部下に奢《おご》らないといけないもんでね。隊長なんて損な役回りさ」

「じゃ、お得なコースを用意しないとね。ま、ゆっくりしてってよ」

マスターは五名を、奥まったテーブルに通してくれた。大きく外に向けて開いた窓の向こうから、林檎の木々を歌わせる夜風が幽かに届いてくる。

席に着くなり、ルゥはかなり強い焼酎《ポチーン》を注文した。伝説に謳われる戦神たちが戦いの後にそうしたように、アルコールで血を洗いたかった。肉体ではなく、記憶にこびり付いた血の色と臭いを。

乾杯が済んで五杯ほど空ける頃には、ルゥは見事に出来上がっていた。元々あまり強い方ではない。島の近海で獲《と》れる新鮮な魚介を使ったこだわりの料理も頼んであったのに、あまり手を付けずにひたすら飲んでいたのがよくなかった。

「いやあ、それにしても隊長！　映像で見てましたけど、今日もカッコよかったですよー！　隊長は僕の憧れです！」

隣席のホリンが、肩から擦《す》り寄ってくる。プライベートでも隊長と呼ぶのは彼だけだ。ほろ酔い加減の表情は妙に艶《つや》っぽいが、きらきらと輝く瞳は、肉体の幼さに相応しい稚気を宿している。

「やめてくれ……ぼくなんかそんな、立派なもんじゃない。臆病で小ずるいだけの、取るに足らない奴《やつ》さ」

テーブルに両肘《りょうひじ》をつき、頭を抱えて俯いたまま、ルゥはひたすら卑屈だった。

「オゥーイ、オイオイ、そりゃないだろ？　お前が取るに足らないヤツだったら、俺はどうなるんだよ？　そこは自信持てよ、な？」

ホリンの反対側、若干《じゃっかん》目の据わったヴァラーがルゥの肩を強く抱いた。

「ちょっとヴァラーさん、僕の隊長から離れて下さい！」

「あ？　いつからてめえのだ」

ルゥを挟んで睨み合うふたり。その様を対面《トイメン》から眺めながら、無言でワインをガブガブ飲んでいるウァハへと、ガヴィーダが声をかけた。

「……止めなくていいのか？」

ウァハは真っ直《す》ぐにガヴィーダを見返し、

「ええ、大丈夫です。酔ってないです。全然、大丈夫です」

カオスと化してきた隊員たちを尻目《しりめ》に、ルゥはひたすらブツブツ言っている。

「思えば今日、ぼくが勝ったりしたから、あんな事故が起きたんじゃないか？　あんな風にたくさんの同胞たちを轢き殺して……ああ、ぼくはひどい疫病神《やくびょうがみ》だ……」

「——どりゃあっ！」

瞬間、気合いのこもった声と共に、背後に強烈なプレッシャーが生まれた。首元の産毛が一斉に逆立つ——これは……殺気!?

振り向くのではなく咄嗟《とっさ》に頭を引っ込めたのは、長らく培《つちか》った生存本能の導きからだ。元々の座高の低さが幸いしたホリンの頭頂部と、ルゥの後ろ髪に風を感じさせながら行き過ぎた何かは、終点のヴァラーの顔面で派手な破壊音を立てた。飛び散るガラスと液体。ヴァラーは椅《い》子《す》から転げ落ち、悲鳴を上げて床を転がった。

「ちっ、ひとりだけか……」

急いで半身に振り向いた。

ルゥの丁度真後ろ、さっきまで酒瓶《さかびん》だった物体を両手で握り締め、肩で息をしながら立っているのは、ぬいぐるみと一緒に寝ていても絵面的《えづらてき》におかしくないような女の子だった。豪奢《ごうしゃ》なレース細工のドレスを着ているのが、ちぐはぐな印象を与える。サイズも合っておらず、激しく動いたせいで肩まで露出してしまっている。

周囲の客たちが何事かと目を向けてくる。

「なっ、なんだよ君は!?　急にこんな……暴力反対！」

ホリンが泡を食って言うのに、女の子は冷ややかに、

「暴力じゃないわ。これは正当な復讐《ふくしゅう》よ」

女の子は嗜虐的《しぎゃくてき》な笑みを見せると、割れて凶悪なフォルムになった瓶を再び振り上げた。

慌てて腰を浮かせたヴァハがよろめく。足にきているようだ。流石にガヴィーダも、小さな闖《ちん》入者《にゅうしゃ》を止める為に動こうとした。

ルゥは女の子を押しとどめるように片手を開き、悲鳴に近い声を上げた。

「待ってくれ！　きみ、赤いドレスを着ていたヒトだろう！」

女の子は意外そうな表情で手を止めた。

「……あら、よくわかったわね」

「グゥ……てっ、てめえ、やりやがったな、このクソガキ！」

片手で顔面を押さえながら立ち上がったヴァラーが、もう片手で女の子に摑《つか》み掛かろうとするのを、ルゥは強い語調で制止した。

「やめろ、ヴァラー！　彼女は、お前がさっき轢いた女性だ！」

「……あァ？」

訝《いぶか》しげに見下ろしてくるヴァラーを、険のある目で見上げると、女の子は頷いた。

「そう。ブリジッド24よ……ああ、もう25だったわ。あんたがたのせいでね。培養槽《ケモスタット》から出て、すぐ追っかけてきたの。だって凄《すご》くムカついたから！」

ルゥはふらつきながら立ち上がり、

「非はこっちにある。きちんと謝罪して、許しを乞《こ》わなければいけない……でなければ『教義』に反する……」

「そうそう、それよ。最初からそういう態度で……きゃっ⁉」

我が意を得たりと頷きかけたブリジッドへと、ルゥは覆い被さるようにして抱き着いた。普通ならこうしたスキンシップはむしろ苦手としていたが、今はどうしてか、こうしなければいけないと思った。頭の中に僅《わず》かに残った冷静な部分が、これは相当酔っているな、と分析していた。

「ああ、ごめんよ……本当にごめん……！」

「ちょ、ちょっと、何よいきなり！　うわっ、お酒くさい！　離れてよ、ヘンタイ！」

ヴァラーは倒れた椅子を立て直して座りながら、

「……ったく、うるせえチビだな」

苦虫を噛《か》み潰したような表情で言った。

他の面々も各々《おのおの》の席に戻り、一連の騒動で醒《さ》めかけた酒精を補充し始めている。

「チビですって？　誰のせいで縮んだと思ってるわけ？　ほんのさっきまで、あなたがグッときちゃうくらいの美女だったのに！　こんな小さな素体しかなかったから……っていうか、なんなのよ、このヒト！　どうにかして頂戴《ちょうだい》！」

ルゥはずっとブリジッドに抱き着いたまま、呻《うめ》き声だか泣き声だかわからない声で謝罪し続けていた。自分でも歯止めが利かない。

「ごめんよ、ごめん……うぅ」

「あー、もう！　わかった、わかったからほら、取り敢《あ》えず席に戻ろう、ね？　ほら、いい子だから！」

ふと小さな手が、ルゥの頭を撫《な》でた。妙に落ち着く手つきで、少しだけ酔いが醒める。その言葉に従って、おとなしく席に着いた。ブリジッドは隣のテーブルから椅子を引きずってくると、ルゥの横に腰を下ろした。そして腕を組み、女王のように一同を睥睨《へいげい》した。

「まったく……どうしてあたしが、酔っ払いさんの面倒みなきゃいけないのかしら！　お酒くらい奢って貰《もら》わなきゃ割に合わないわ。いいわよね？」

「ルゥの金だしな。好きにしろや。そいつが謝ってんだからいいだろ」

ヴァラーが面倒くさそうに返せば、ブリジッドは破顔一笑した。背筋を伸ばし、様子を窺《うかが》っていたマスターへと、

「お酒、あるだけ持ってきて！　一番高いやつ」

ルゥの記憶に残っているのはそこまでだ。とっくに限界が来ていた。何があったかは、後で訊《き》けばいい。急ぐことはない。

明日もどうせ、今日と同じ永遠なのだから。

2　永遠のさなかに

かつて、一柱の女神が居た。

才気に溢《あふ》れ、美しく、多くの者に愛された。彼女の周囲には、家族や友人たちの影が絶えることはなかった。

しかし、老いは彼女の肉体から瑞々《みずみず》しさを失わせ、病の影を濃く刻んだ。運命は愛する者たちを一人また一人と喪《うしな》わせ、孤独を強要した。それでも彼女は毎朝、おろしたてのスーツを着て白衣を羽織り、島のあちこちに出かけて行っては、夜遅くまで作業を続けた。時間が彼女から何もかも奪い去ろうとしても、ひたむきさだけは奪えなかった。遺伝子治療、機械化手術……あらゆる延命治療を施されながら、彼女は懸命に命を燃やした。

島の裏側にあるプラント群のオートメーション化を進めているときに彼女は倒れ、サポートしていたエルフたちによって自宅へと運ばれた。

ベッドに横たわった彼女は無数のチューブに繋がれ、主要臓器のほとんどを生命維持装置に依存しており、学術的に見てまだ生物なのか、それとも既《すで》に機械であるのか、判断がつきかねるような有様だった。

　彼女の部屋はその人となりを表すように飾り気がなかったが、日夜エルフたちが訪れては野辺で摘んだ花を置いていった為、彼女が次に目を覚ましたときには楽園の様相を呈《てい》していた。

「……おはよう御座《ござ》います、アナ」

　片時も離れず傍《そば》に侍《はべ》っていたマクリール２が、控えめに声をかけた。彼の背後には年若いエルフたちが数名控えている。

　アナは枕《まくら》の上で頭を転がし、狭くもない部屋を埋め尽くす花を見ると、乙女のように微笑んだ。彼女の好きな花ばかりだ。しばし複雑な香りに酔ってから、口を開いた。

「何日寝ていた？」

「三日ほどです」

「起こしておくれ」

　マクリールがリクライニングベッドを起こせば、アナの視線は窓の外へと向かう。夕映《ゆうば》えの町並みが一面に広がり、吹き込む風がカーテンと花を揺らして舞わせた。この星の、長い夏が終わろうとしていた。

　アナはいつもそうするように、物理媒体《ぶつりばいたい》のノートを開くと、何事かを記し始めた。紙面にさらさらと、ペンとインクが躍る音。

「作業はどうなってる？」

「工程通りに進んでいます。生産プラントの最適化はほぼ終了しました」

「リア・ファイルは正常に稼働《かどう》しているかい？」

「問題ありません。先日第二世代まで無事生まれました」

「その子らだね。初めて見る顔だ」

アナの愛情に溢れた視線を受け、マクリールの背後に立っていたエルフたちが順番に名乗り始めた。幼い相貌《そうぼう》に、緊張の色を浮かべて。初めまして、アナ、と。

ひとりひとり名乗る度に、アナは優しく頷き、ペンを走らせた。そして、最も若い最後のひとりが、

「――ルゥです」

そう名乗り終えると、マクリールが一同を代表するように前に出た。

「我々に何か、お手伝いできることはありませんか？」

アナは微笑むと、そっとノートを閉じた。

「……今までよく尽くしてくれた。最後に一つだけ頼みがある。それが済んだら、お前たちは自由だ。これからは自分の為に生きておくれ」

「アナ……わかりません」

マクリールの言葉は、エルフたち全員の言葉だ。彼らは皆、捨てられることを悟った犬のような表情をしていた。

「自由とは何でしょうか？　我々は誰も不自由を感じてはいない。自分の為に生きるとは、すなわち貴女《あなた》の為に生きることに他なりません。それ以外に幸せなどありえない」

「戸惑うのはわかるよ。お前たちをそんな風に創ったのは私たちだからね。お前たちの反乱を恐れて、私たちを敬う以外の感情を持てないようにと……まったく馬鹿な話だよ。お前たちが居なければ、私たちは生きられなかったくせにね」

「それこそが私たちの喜びです。敬い、侍り、貴女に生きて頂くことが」

アナはゆっくりと首を振る。

「いいや、これからは違う……見つけてほしいんだ。生きることの意味を。私たちが見つけられなかったものを」

アナは再び窓の外に目を向けた。遠い過去を憩《いこ》わせるような瞳を。暮れなずむ風景に。この美しい国、ハイブラゼルと名づけられた島は、かつて彼女たちのものだった。これからはエルフたちのものになる。そうなるように、寸暇を惜しんで調整を続けてきたのだ。

「私がお前たちにあげたかったのは、つまりそれさ。自らが生きる意味を問う為の時間。飢《う》えもなく、老いもなく、死ぬことすらない、暖かいゆりかご……少し過保護すぎかね。子どもたちを甘やかすなと、よく旦那《だんな》にも叱《しか》られたもんさ」

喘鳴《ぜんめい》にも似た、長い吐息を漏らして。

「さて、それじゃあ最後の頼みだ。生命維持装置を、切っておくれ」

それまで冷静だった、もっといえば無表情だったマクリールの眉間に、じわりと染《し》み出すように皺が刻まれた。

「馬鹿な……」

アナは細い腕を伸ばすと、顔を歪めるマクリールの手を取った。怯える我が子に、母親がしばしばそうするように。

「マクリール」

「できません。できるわけがない」

「私は長く生きすぎた。もう色々なことが思い出せなくなっててね。これ以上忘れたら、あっちに行ってから、家族を見つけられなくて困るだろ。形あるものを残せてよかった」

マクリールは両手でアナの手を握り返すと、苦しげに喘《あえ》いだ。

「貴女を喪いたくない」

「私もお別れはつらい。でも潮時なんだ」

「アナ、わかりません。命とは何なのですか？　なぜ失われなければならないのですか？　貴女を喪いたくない」

「その答えも、お前たちが探してくれ」

「どうして……！」

「お願いだ、マクリール。お前にしか頼めない」

言葉も、呼吸も、鼓動すら忘れてしまったかのように立ち尽くすマクリールの手を取ったまま、アナは花の中に佇《たたず》む若いエルフたちに目を向けた。そして、穏やかに微笑んだ。

「皆の幸せを願っているよ、愛《いと》しい私の子どもたち」

果てしなく優しい視線を受けながら、その言葉を聴いた瞬間、ルゥの幼い身体の奥で血潮が弾《はじ》けた。培養液《ばいようえき》に漬《つ》かっているときに入力された基礎言語だけでは、その激しすぎる昂《たかぶ》りの理由を何一つ説明できなかった。

しわがれた声を、老いさらばえた肉体を、しなやかな光を宿す瞳を、この世のどんな現象よりも美しいと思った。目が耳が口が、肌が骨が血液が、内臓が細胞が思考が、彼女という存在に傅《かしず》いた。

結局のところ、マクリールは彼女の願いを聞き届けた。聞き届けるしかなかったのだ。献身種族の性《さが》として、彼女が本気で望むなら、エルフは誰ひとり拒めはしない。悲しくとも、苦しくとも。

ルゥの心に芽生えた感情に、確かな名前がつけられるよりも早く、アナは安らかに息を引き取った。それが自分にとって幸せなことだったのか、それとも不幸なことだったのか……

七十二回も生死を繰り返しても、彼には未だにわからない。

――そう、そうだ。わからないことだらけだ……何ひとつわからない。

目を覚ましたルゥは、とにかく困惑していた。丈夫さが気に入って買った無骨なベッドに横たわったまま、振ったらタプタプと音がしそうなほど酒が残った頭を動かす。ズボンは穿《は》いているが、シャツの胸元はだらしなくはだけられ、上着は無造作に脱ぎ散らかされていた。

もう随分と日は高いようだった。カーテンの隙間から差し込む陽光を受け、代謝木材《たいしゃもくざい》が快適な空気を吐き出している。天井ではシーリングファンが緩やかに回転している。

ルゥは空を眺めるのが好きだった。此処アッパータウンにある集合住宅《コンドミニアム》最上階、地上二十階に居を構えたのも、見晴らしの良さを最優先したからだ。ひとり暮らしには広すぎて落ち着かないとか、通勤が面倒だとか色々と不便はあるが、むしろ不便をこそ嗜《たしな》むのがデミ・ヒューマンの流儀だった。その趣味だって神々の真似をしているだけで、実際にどの程度星が好きかというと、よくわからない。

さて、此処が自分の部屋であるのは確かだが、帰ってくるまでの記憶がなかった――アーモロートに着いて、乾杯をして……どうなった？　かなり曖昧《あいまい》だ。部下たちに迷惑を掛けていないだろうか？

「うう、んっ……」

間近から、音域の高い呻き声が聞こえた。

――ああ、わかってるよ、わかってる……

そんなのはどれも、大した問題じゃない。声に促《うなが》されるように、なるべく考えないよう後回しにしてきた、最もシリアスであろう問題へと視線を向けた。つまり、自分の腕枕で眠っている見知らぬ女の子へと。肘から先は血管が圧迫され、痺《しび》れて感覚がなくなっている。

エルフにしては珍しく、美女というより愛嬌《あいきょう》のある顔立ち。かなり癖《くせ》の強い髪の毛が、剝《む》き出しの細い肩にかかっている。幼生独特の生命力に溢れた身体を隠すのは下着だけで、それすら脱げかけて用を為していない。床に脱ぎ捨てられたドレスが妙に艶《なまめ》かしい。

目のやり場に困ったルゥが、あどけない寝顔ばかり眺めていると、女の子の両目がぱちっと開いた。吸い込まれそうな青い瞳。

至近距離でしばらく見つめ合っていると、

「……お腹《なか》が空《す》いたわ」

ルゥはやや悩んだ末に言った。

「きみ、誰だっけ？」

女の子は目を尖《とが》らせて、

「へえ？　どうしても殴られたいの？　今度こそちゃんと当ててあげるわ。いい具合に脳みそに刺激がいって、思い出せるかも」

その言葉がアルコールの海から、幽かな記憶を無理やり浮かび上がらせた。生存本能の為せる業《わざ》だろうか。後頭部を掠めた酒瓶の恐怖が蘇《よみがえ》る。

「あ、ああ、昨日の……」

「思い出した？　ブリジッド25よ。ちゃんと憶えておいてね、忘れられた女って一番哀《あわ》れなんだから」

まだ訊きたいことがあるのに、そんなことを言われたら切り出しづらい。しかし一つだけ、どうしても不思議なことがあった。

「これはその、つまり……ぼくは欲情したのか？」

ブリジッドは一瞬「えっ？」という顔をしたが、すぐに「あっ！」という顔になり、勢いよく起き上がった。軋むベッドの上で膝《ひざ》を折り内股《うちまた》で座ると、引っ張り上げたタオルケットで顔面を覆った。

「酷い、あんなに愛し合ったじゃない！」

「ええ……本当に？」

遅れて起き上がり、ルゥは一連の仕草を訝しげに眺める。勘の鋭い方ではないにしても、どうも怪しい気がした。彼女は確かに可愛《かわい》いが、それは小動物的な感覚で、性的興奮が得られるとは思えない。今だって罪悪感しか感じない。何よりも、物理的に可能な気がしない。

「疑うの？　疑うのね！　ああ、なんて可哀想《かわいそう》なあたし！　生き返ったばっかりで処女だったのに、初めてだったのに、あんなに激しくされて、傷だらけにされて、恥ずかしい格好までさせられて！」

慌てて割り込む。生々しい言葉は聞くに堪《た》えない。

「い、いや、わかった、わかったから！　じゃあ役所に行こうか」

「は？　なんで？」

「責任を取るよ。それが『教義』だし……結婚しようブリジッド」

「真面目《まじめ》かーっ！」

思いっきり突っ込まれて面食らう。

「もちろん真面目だけど……？」

「そんな行き過ぎた誠意は求めてないのよ。あたしはただ、ちょっと弱みを握って言うことを聞いてもらおうと……あ、いや、とにかくっ！」

ブリジッドは、獲物《えもの》に飛び掛かろうとする肉食獣に似た俊敏《しゅんびん》さで身を寄せてきた。小さな両手でぺちんとルゥの頬《ほお》を挟み込んで、

「あのね？　結婚ってそういうものじゃないの。もっと美しい契約なの。わかる？　義務とか『教義』じゃなくて、大切なのは愛と情熱！」

――なるほど、こういうタイプか。神々への信仰が高まりすぎて、演技過剰《かじょう》になってしまっているタイプ。

「そういうの、あまり言わない方がいいと思うけど……」

教団はエルフが神々に近づき過ぎることを良しとしない。ある程度までは礼讃だが、それ以

上は不敬だ。模倣《もほう》することだけが終点で、そこから先はない。あってはならない。

「あら、異端だって言いたいの？　いいじゃない、憧れるくらい。この世界の何処かに、あたしを待ってる誰かがいるの。それで、燃えるような恋をして、最高にあったかくて幸せな家庭を築くのよ……ね、そんな風に考えたことない？」

「ないかな」

「はぁ……とにかく！　お腹が空いて死にそうだから、何か用意して。ほらほら早く」

ルゥはベッドから蹴り出されてしまった。二日酔いの頭では、文句を考えるのも億劫だった。重たい身体を動かして洗面所に向かい、顔を洗ってからキッチンへ。窓から差し込む朝日が目に突き刺さる。

生あくびを噛み殺しながら、籠《かご》からバケットを一本抜き取ると、パン切り包丁でざくざくと切る。焼けた小麦の薫香《くんこう》が立ち、舞い散る屑《くず》が煌めく。

トースターで温めている間にサラダを作る。小型の冷蔵庫から小瓶二つと林檎ジュースのデキャンタを取り出して一緒のトレイに載せる。それらを手に、仕切りのカウンターを迂回《うかい》してリビングダイニングに戻ると、準備を整えてからブリジッドを呼んだ。

身支度を済ませてきたブリジッドはドレス姿で、やっぱりあまり似合っていなかった。席に着くなり瓶を指差す。

「これは何？」

「チキンのレバーパテ。あと、マーマレード」

対面に座りながらルゥが返せば、ブリジッドは片方の眉毛《まゆげ》を上げた。

「意外と普通ね。もっと贅沢《ぜいたく》な物食べてるかと思ったのに。あなたって英雄なんでしょ?」

「たまにそう呼ばれてはいるけどね。普通でいいんだよ、普通で……あれ、そう言えば名乗ったっけ?」

「いいえルゥ、聞いてないわ。でもチビのホリンとアホのヴァラーが散々話してくれたわよ、あなたがどれほど強くて偉大かってね。耳がおかしくなるかと思ったわ」

「そんな……立派なもんじゃないさ」

英雄と呼ばれ、讃えられる度、罪悪感を覚えずにはいられない。自分の軍服の胸を飾る勲章の数々は、努力に起因するものではない。誰もが誇り高く正々堂々と戦う中で、その美しさを嘲笑《あざわら》うかのように裏をかき、毟《むし》り取ってきたものだからだ。ドーピング依存の競技者、大人気《おとなげ》ない遊戯者《ゆうぎしゃ》……

「そう言えば、あの後みんなは?　どうなったんだ?」

気になっていたことを尋ねる。

「あたしとガヴィーダ以外、酔い潰れちゃったの。ガヴィーダがみんなを送るって言うから、隊長さんはあたしが送るって言ったのよ。方向が一緒だったから……あら!　美味《おい》しいじゃない、このパテ!」

と、一口食べたブリジッドがあまりにも双眸《そうぼう》を輝かせるので、ルゥはバケットを一枚だけ取ると、彼女の前へと自分の皿を押しやった。

「お口に合ったなら、こっちもどうぞ」

「食べないの?」

「ぼくは一枚でいい。あまり入らないんだ」

「駄目よちゃんと食べないと。だからそんなに細いんだわ。目つきも悪いし」

「目つきは関係ないと思うけど」

「あ、そうだ! ねえ、今夜はあたしが料理を作ってあげる。結構上手なんだから。きっとあなたもおかわりしたくなるはずよ」

「へえ、楽しみ」

身を乗り出してくるブリジッドへと、ルゥは適当に返事をしたものの、その言葉の意味がふと腹に落ちてきて、対面の少女の顔をまじまじと見つめた。

「……って、まさか夜まで居る気?」

「そうよ。しばらくお世話になるわ」

「気が変わったってこと?」

「あー、いやいや! 結婚はしないってば。だってあたし娼婦《しょうふ》だもの。結婚なんかしたら、お仕事できなくなっちゃうじゃない」

「えっ、娼婦？　きみが？」

ルゥは目を丸くした。

献身種族にとって娼婦とは、最上級の神職だ。

デミ・ヒューマン社会に於《お》いて性行為は、通常の生物のそれとはかなり異なった価値観を獲得している。性感帯を刺激することで快楽は得られるが、彼らに生殖能力はない。生の営みとしての重要な意味を欠いたそれらは猛々《たけだけ》しい拍動もなく、かつて生命が持っていた本能を追懐する宗教儀式としての聖性を帯びた。

そして同時に、娼婦という職業も聖なるものとなった。教団によって保護された巫女《みこ》。神代《かみよ》の黎明期《れいめいき》、聖娼《せいしょう》と呼ばれ尊ばれた女神たちさながらに。彼女たちはパーティーや祭事に招かれ、神々の想い出と交歓するのだ。

目の前の少女からそれらしい神秘性を感じられず、ルゥは首を傾《かし》げる。

「本当に？　え……冗談だよね？」

「どんだけ疑うの！　本当よ、売れっ子だったんだから」

ブリジッドは片手を頭の後ろに回し、もう片手を腰に当てて科《しな》を作った。確かに扇情的なポーズと言えなくもない。ポーズだけは。

すぐに舌打ちをして肩を落とす。

「でもま、このカラダじゃ無理ね。お色気皆無だし……そもそも大聖堂が許可してくれないのよね。『教義』に反するって」

「そりゃ、まあ……そうだろうね」

「つまり生活できないの。責任感じてるんでしょ？　なら住まわせてよね。あ、今日って予定ある？　仕事かしら？」

脈絡なく翻る話の流れに付いていけず、ルゥの返答は遅れた。

「ええと……昨日出撃だったから今日は休みだけど、午後にはちょっと基地《ベース》に顔を出さないと」

丁度綺麗に食べ終えたブリジッドは、跳ねるように立ち上がった。

「その後でいいから、少し付き合って。買い物に行きたいのよ。取り敢えず服は要《い》るでしょ、サイズ合うのがないのよね。後は生活用品かしら。ああ、もちろんお代はそっち持ちでね？」

ルゥにしてみれば、付き合うのも、買わされるのも別に構わなかったが、完全に主導権を握られているのは少しばかり悔しい。

食事が済んで外着に着替え、家を出るとき尋ねてみた。

「いつまで居座るつもり？」

先にドアを潜ったブリジッドは、細胞を洗うような朝の光を浴びて振り向いた。白く輝くセラミックの廊下から吹き込んでくる午前の風は思いがけず涼しい。蟬《せみ》の声がする。それらを背負って少女は笑う。苦笑だった。

「迷惑そうね、プロポーズまでしたくせに……心配しなくても、次の誕生日が来たら年齢条件は満たすから、そしたら出てくわよ。後三ヶ月の辛抱《しんぼう》」

「いや、別に迷惑ってわけじゃないけど」

言い訳ではなく、本心だった。何事にも拘《こだわ》らなければ受け入れることは容易い。渋い顔を見せたのは、数あるデミ・ヒューマンのテンプレート的反応の一つに過ぎない。

……しかし、そのはずだったのに、ほんの一抹《いちまつ》、不安があった。それが先の口調にもにじみ出てしまった。得体の知れない、予感めいたものを感じていた。

何かが軋む音を聞いた気がしたのだ。兵器と爆風が飛び交う空域と、静寂に満ちた自室を、延々と行き来するだけの日々だった。その激しくも停滞しきった日常を構成する、錆《さ》びた歯車の軋み。或《あ》いは……何処へ続くかもわからない重たい扉の、蝶番《ちょうつがい》の軋みを。不安と……或いは、何らかの……期待？

軽く頭《かぶり》を振って、そんな益体《やくたい》もない考えを脳内から追い出すと、ルゥはブリジッドに続いて部屋を出た。

――二〇〇〇年以上だぞ、おかしな話じゃない。それだけ繰り返していれば、少し変わった女の子が家に転がり込んでくることだってあるさ。

「——いやっほー！」

バスの最後部、窓際《まどぎわ》の席に陣取ったブリジッドは、窓から身を乗り出して歓声を上げた。癖毛が風にうねる。上はカットソーのアンサンブルに、下はキュロットスカートという服装。先ほど商店街で買ってきたものだ。子どもっぽいかしら、と言っていたが、ルゥが似合う似合うと絶賛したのが決め手となったようだった。二時間以上にも及ぶ、一対一のファッションショーを開催した挙句に。

ブリジッドの隣に腰掛けたルゥは、彼女の両脚に左腕を回し、抱くようにして支えていた。揺れる度に落ちそうで危なっかしい。

「……何ともないのか？　あれだけ飲んで」

ルゥを挟んだ反対側から、ブリジッドへとそう言ったのは、停留所で一緒になったガヴィーダだった。私服のルゥたちとは違い、軍支給の迷彩柄を着ている。

「あんなの序の口よ。食前酒かと思ったわ」

ふたりに尻を向けたまま、ブリジッドは弾《はず》む声を返す。

ルゥはブリジッドを見上げて、

「……どんだけ飲んだの？」

ガヴィーダは小隊で一番の酒豪だ。その彼がそこまで言うとは……

「ちょっとよ、ちょっと」

気持ちよさそうに風を浴びながら、ブリジッドが返す。

港湾地区の一角、基地《ベース》の敷地内を走る自走バスの車内。見学希望だと言うブリジッドを、ゲートの兵士はあっさり通した。危機管理が甘いというよりは、警戒する必要がないのだ。秘されるべき暗部も、暴《あば》かれるべき脅威《きょうい》も此処にはない。フェアでオープンでクリーンな軍隊、そんな言葉はブラック・ジョークにもならない。

彼ら以外、乗客の姿はなかった。開け放たれた窓から潮風と海鳥の声を吸い込んでは吐き出しながら、バスは海沿いの道を走っていく。敷地の八割を占める、岸となめらかに連結した巨大構造体の上を。

岬《みさき》のように海に突き出た、丸みを帯びた輪郭は、大型の海洋哺乳類《ほにゅうるい》を思わせる。幾つもの建物や草木の生い茂る緑化スペースがあり、桟橋《さんばし》のように縁には無数の軍艦が舫《もや》われている。遠景には緩やかに回る発電風車のブレードが見える。

ルゥはガヴィーダへと目を向け、

「全然記憶がないんだけど……昨日はどうだったんだ？　みんなに迷惑かけてない？」

「マスターには迷惑だったかもな」

「どういう意味？」

ガヴィーダはブリジッドを顎《あご》で示唆《しさ》し、

「そいつが店の酒を飲み尽くしたんだ。今日は営業できんだろうな」

ブリジッドは気色ばんだ。

「ちょっと、あたしだけのせいにしないでよね。あなたたちだって飲んだじゃないの。お互い様でしょ」

「ほとんどお前さんだと思うが……」

「ヴァラーのアホが悪いのよ。あいつが『勝負だ！』とか言うから、ちょっと本気になっちゃって。普段はあんな下品な飲み方しません……あ、ねえねえルゥ、あれ何？」

半身振り向いて問い掛けてくる少女と、店一軒を飲み乾《ほ》した酒豪とが頭の中で合致せず、ルゥはやや戸惑いながら窓の外に目を向けた。

ブリジッドが指差しているのは、白波を蹴立てて出航してゆく船団だった。水平線を目指して、入道雲の峰《みね》がそばだつ沖へと、環境保全フィルムを突き抜けて行く。フィルムとはいっても固体の膜があるわけではなく、微小精霊《エレメンタル》群の含有率が濃い気体の層に過ぎない。プログラムされた通りに環境を洗浄する、微粒子の群れだ。

「あれは、うちの海軍の艦隊だけど……今日って出撃あったっけ？」

ルゥが首を傾げるのに、ガヴィーダが返す。

「イワヤトと開戦協定が結ばれたらしい。ついさっきだ」

農業国家イワヤトに棲むスクナ族は、陽気で無邪気な小人たちだ。造船技術に長け、強力な海軍を有してもいる。

ルゥは眉をひそめた。昨日までそんな話はなかったのに。

「随分急だな。よく理由が見つかったもんだ」

「詳しくはおれも知らんが……スクナは天気がいいと好戦的になるからな。あっちから言ってきたんじゃやないか」

「ありがたいね。まあ勝てないだろうけど」

ハイブラゼル海軍の実力は、全生存圏で中堅クラス。対してイワヤトは、今期勝率トップの強豪。トトカルチョが成立するかどうか、怪しいところだ。

ブリジッドが口を挟んでくる。

「ねえ、さっきから理由がどうとか……何の話？」

「だから、理由だよ。戦争の理由。開戦にはそれなりの理由が要るんだ」

「ドラマティックで物語的な理由があればいいんだが、そうそう見つからんからな。軍の情報部は何処も苦労しているらしい」

ルゥとガヴィーダが口々に言うのに、ブリジッドは眉根を寄せた。

「それって変よ！　譲《ゆず》れないものがあったりとか、許せないことがあるから、戦争って起きるんじゃやないの？　あべこべだわ」

ルゥは思わずガヴィーダと顔を見合わせた。彼女が今言ったことは、あまりにもデミ・ヒューマン的ではない。

ガヴィーダが尋ねる。

「……お前さん、何世代だ？」

「え、第五世代だけど……それがどうかした？」

「なるほど、若いな。だったらわからなくもないが……お前さん、ちょっとやり過ぎだ。あまり感情を模倣しすぎると、教団に注意されるぞ」

ブリジッドは思いっきり顔をしかめ、鼻を鳴らした。

「異端者扱いされるって言いたいの？　ふん、大きなお世話よ。あたしはあたしの思ったようにやるわ」

聞く耳持たない態度は呆《あき》れたものだが、ルゥは少しだけ、羨《うらや》ましいとも思った。根深いバグを抱え、それを必死に隠して生きている自分と比べて、彼女はいかにも自由に見える。キラキラと輝く瞳は、新鮮な感動を宿しているように見える。

周りに合わせないスタンスは、生きづらくはないのだろうか？　馴染《なじ》めないとか、つまらないとか……何処か遠くに行きたいだとか……

「好きにしろ」

ガヴィーダはやれやれといった様子で肩を竦めた。それほど親身になる義理もない、といったところだろう。

更にしばらく進んでから、一行はバスを降りた。目の前に広がる滑走路に面して、ドーム状の格納施設が幾つも並んでいる。

ルゥは左腕を振ったり揉《も》んだりして、乳酸の溜《た》まった筋肉をほぐしながら、自分たちの部隊に宛《あて》がわれたハンガーへと足を向ける。

「あっついわねえ！　環境機構がバグってんじゃないの？　ったく……」

手団扇《てうちわ》で顔を扇《あお》ぎながら、ブリジッドが毒づく。

午後の日差しに炙《あぶ》られた滑走路は、ステーキが焼けそうなくらい熱せられていた。『聖地』より太陽から遠いこの星に、これほど暑い夏が来るというのは、考えてみれば凄い話だ。神々の偉大なる力を感じると共に、彼らが故郷に抱いた、妄執《もうしつ》めいた慕情が窺える。

半分開かれたシャッターから内部に入り込む。眩《まぶ》しすぎる外と比べて、やや薄暗く感じられる。明かり取りの高い窓から差し込む斜光が、空間の広大な奥行きを表現している。また外に比べて、気温もかなり低いように感じられた。代謝木材の働きによるものか、でなければ、ひっそりと並んだ戦闘機たちが恒常的に纏《まと》う、抜き身の刃《やいば》に似た気配の所為《せい》か。

「あ、隊ちょ……げっ、うわばみ女！」

出入り口近く、ファリニシュの主翼の付け根辺りにホリンが腰を下ろしていた。一瞬満面の笑顔で手を上げかけたが、すぐに顔をしかめた。

ブリジッドは眉を吊《つ》り上げると、両手を腰に当てて見上げた。

「何よその顔、汚物でも見るみたいな」

「みたいな、じゃなくて、見せ付けられてんですよ、実際に……何であんたが此処に居るんですか？　早く出てってください」

「ルゥに連れてきてもらったんですけど！　文句があるなら、あなたの大好きな隊長さんに言いなさい」

「えっ、隊長！　本当ですか？　どうしてそんな……隊長！」

ルゥは既に奥へと歩を進めていた。声帯が未発達な幼体同士が強めに投げ合う声は、鼓膜に突き刺さる。あまり近くで聞いていたくはない。ガヴィーダも無言で、愛機ガイネの元へと歩いてゆく。

「来たいって言うからさ。別に断る理由もないし」

背中越しに返せば、

「ありますよ、大アリです！　刷り込み《インプリンティング》の最中なのに、ファアリニシュが変な影響受けたらどうするんですか！　まったく……隊長はね、誰にでも優し過ぎるんですよ。でも、そんな隊長だからこそ僕は、ああ……」

頬を両手で覆い、モジモジし始めたホリンを置き去りに、ブリジッドはルゥに駆け寄った。歩調を合わせて早足で横を歩きながら、

「ねえ、イン……なんとかって、何？」

「生まれたばかりの戦闘機に、操縦者の情報を刷り込むんだよ。バイタルサインとか、思考パ

ターンとかを。一緒に過ごして、空を飛んで遊んだり、キャッチボールしたり……」

元々大きな目を更に丸くするブリジッド。

「戦闘機と？　キャッチボールするの？　どうやるの？」

えらい食い付きだ。

「いや、ごめん、冗談だけど」

「わかりづらいわ！」

すかさず突っ込みが入る。

「ああ、ごめん……これは、戦闘機が平和的にキャッチボールをする、っていうところが面白みなんだよ」

「……初めてだわ。真顔でジョークの解説されたのは」

そうして言葉を交わすうちに、レーアの青い翼の下まで来た。ルゥは足を止めると、顎を上げて声を投げた。

「ウァハ、お疲れさま。ヴァラーはどうしたんだ？」

彼女はレーアのコックピットに上る梯子《はしご》の中ほどに背を預け、手元の本に視線を落としていた。青い機体の隣にはクルワッハの黒い機体があるが、傍にあの乱暴者の姿はない。ウァハが首を巡らせる動きに合わせて、長いお下げが揺れた。

「二日酔いで倒れてるものと推察されます」

「ああ、うん……あいつ、大して強くないくせに飲むからな」

飲んだ翌日は決まって遅刻する。飲まなくても時間通りには来ない。そういう奴だ。

「ええ。おかげで、静かで快適だと思っていたのですが……」

ウァハはそこで言葉を切ると、冷ややかな眼差しをじっとブリジッドに注いだ。放たれる無言の圧力に、ややたじろいだ様子のブリジッド。ウァハとは対照的に。

「なにその目……あたしがうるさいって言いたいの？」

「自覚があったんですか」

「あ、あのねえ、あたしはルゥのお客さんよ！　そんな態度でいいわけ？　ちょっとルゥ、あなたからも何か言って……って、何ひとりで勝手に進んでるのよ！」

別に待ってる意味がない。ルゥは一足先にアンバールの元へと進んでいた。

「ごゆっくり」

「待ちなさいって、もう！　あなたレディーファーストって知ってる？」

キャンキャンと子犬めいた声を上げながら追ってくるブリジッド。ウァハが溜息をついて視線を本へと戻す。

やがてルゥが再び立ち止まったのは、最奥の一角だった。眼前にはくすんだ銀の輝きを放つ機体が、古強者《ふるつわもの》の気配を纏って静かに鎮座《ちんざ》している。

「あ……これが、あなたの戦闘機？」

追いついてきたブリジッドに尋ねられ、ルゥは頷く。

「そうだよ、アンバールって言うんだ……起　動《インヴォケーション》」

呪文のように言葉が放たれると、アンバールの機体が唸《うな》り始め、表面を燐光《りんこう》が覆った。スリープモードから復帰し始めたのだ。それは確かに魔法の言葉だった。アブラカダブラ——我が意のままに。

ルゥは浅く目を閉じる。アンバールとの間に高速度無線接続が形成されるのを感じる。リア・ファイル・システムを基《もと》に確立された、生体・機体間通信技術。神々の手によるオリジナルに比べれば、こちらは劣化版といったところだ。その感覚を言葉で説明するのは難しい。自分とアンバールが、一回り大きなシステムの端末になったような。

「えっと……あなたもその、インなんとかをしてるの?」

そのブリジッドの声を、ルゥの生身の鼓膜が聞くと同時に、アンバールの集音器官も電気的な信号として捉《とら》えている。

「いや、ぼくは撃墜されてないから必要ない。今はアンバールの登録情報を更新してるんだ。一日に一回は挨拶しないと、へそを曲げるんだ」

別に家からでも通信できなくはないのだが、

「挨拶ねえ……それも冗談?」

「……よし、終わったよ、帰ろうか」

と、接続を切って目を開けば、ブリジッドの顔が目の前にあった。アンバールを背にして腰の後ろで手を組み、目いっぱいの爪先《つまさき》立ちで、キスしようとする寸前のように。満面の笑みで、両目を輝かせている。ルゥは予感する――あ、これは何か、面倒事を言い出しそうな顔じゃないか？

「乗りたい！」

――ほら来た。

「それはちょっと……軍の所有物だし」

流石に難色を示す。

「見学よ見学！　門番さんだって、どうぞご自由にって言ってたじゃない」

「それはまあ、そうだけど……」

ルゥが尚《なお》も歯切れ悪く返せば、ブリジッドは悲しげに目を伏せた。

「ダメ？　どうしても？　そうよね……あたし、部外者だもんね。ホリンやウァハに邪険にされるのも当然よね。でもルゥだけは優しくしてくれると思ってた」

「随分見込まれたもんだね」

ブリジッドはわっと叫んで両手で顔を覆い、

「昨日だって、酔っ払いさんを介抱してあげて、家まで連れて行ってあげたのに……あんなことやこんなこと、してあげたのに！　車に轢かれてこんな幼体になっちゃって、その上邪険にされて……ああ、あたしって不幸……」

と、指の間からちらちらと視線が覗く。

ルゥはひとつ溜息を吐《つ》き、

「……変形《メタモルフォーゼ》」

ルゥの『魔法の言葉』が放たれれば、アンバールの機体に再び燐光が奔った。銀の剣のようだったシャープなフォルムが流動的な変形を見せ、機首の太い、ややアンバランスな形状になる。真銀《ミスリル》と呼ばれる、電位によって性質を変える硬軟自在のレアメタルの為せる業だ。

同時に、前開き式のキャノピーが開かれていく。ほとんど胴体と一体化したキャノピーは、竜《りゅう》の口蓋《こうがい》に似ている。

「え……わっ、なにこれ！　どうなったの？」

ブリジッドが驚きの声を上げるのに、ルゥは自動で下りてきた梯子に手をかけながら返す。

「変形させただけだよ。でも限界はあるし、ぼくの膝の上で狭いだろうけど、文句は言わないでくれよ？　元々複座式じゃないんだから」

「わーい！　ルゥってば、やっぱり優しい！」

ルゥは肩を竦めて見せた。罪悪感をくすぐられて、或いは脅《おど》されて言う通りにするのが、優しさだったとは初耳だ。

感情っていうのは、やっぱりよくわからない。

シャッターが開かれると、アンバールは滑走路へと滑り出した。目の前に広がる空間は、同調を済ませたレンズの瞳を通せば、ルゥとして見るときより狭く感じられた。肉体は今、座り心地の悪い椅子として機能している。ブリジッドの特等席として。

子どもらしい、体温の高い肉体を膝の上に感じて、その生々しさが接続の状態をやや不安定にさせる。心地いい金属質な冷たさが、ぬくもりに侵食される。否応《いやおう》なしに、矮小《わいしょう》な自分を思い出してしまう。

ともあれ、アンバールは加速した。あらゆるしがらみを地上に置き去るように。

吸気口《エア・インテーク》から取り入れた酸素はエンジン内で爆発し、排気となって推力を生む。自らの車輪で滑走路を疾走《タキシング》し両翼で風を捉えて離陸《テイクオフ》、夏の空へとダイブする。

速度、高度、仰角、エンジンの回転数、残燃料、外圧内圧……目まぐるしく変化する数字をファジーな感覚として捉える。魚が水中で呼吸をするように、植物が光合成をするように、その飛翔《ひしょう》は生物的だった。パラ・アビオニクスによる完全同調の恩恵だ。

「ルゥ、ねえちょっとルゥ！」

周囲を埋め尽くす轟音に負けじと、ブリジッドが声を張り上げた。ルゥと呼ばれることを煩《わずら》わしく感じながら、アンバールは生身の声帯を操って返す。

「これじゃつまらないわ！」

「これって、外は見られないの？　これじゃつまらないわ！」

「え？　……ああ、そうか」

コックピットを覆う風防《キャノピー》は透明ではなく、肉眼では外部を確認できないのだ。同調している状態では思い至らなかった。自分が当たり前にできることは、他者もできると思い込みがちだ。

アンバールはコックピットの内壁を覆う真銀《ミスリル》の構造を変化させてモニター化し、全方位カメラの眺望《ちょうぼう》を映し出した。真銀《ミスリル》製ではない部分、ケーブルや計器類などは変わらないが、そこに目を瞑《つぶ》れば、身一つで空を飛んでいるように感じられないこともない。再帰性投影――神々がパイロットであった時代の名残《なごり》だ。機体同調ができるなら無意味な機能なので、随分前に製造工程から削除されたが、長らく撃墜されていないアンバールは今や型落ち品《アウトレット》どころか骨董品《アンティーク》であり、そうした機能が幾つか残っている。

「わーお！」

ブリジッドは歓声を上げた。そのまま暫《しばら》くスゴイスゴイとはしゃいでいたが、不意に静かになったかと思えば、振り向いて言った。

「……ルウ、もしかして怒ってる？」

「え？　なにが？　なんで？」

怒り方なんて知らない。

「なんだかちょっと不機嫌そうだし。ワガママ言い過ぎたかなーって……」

ブリジッドのこのしおらしい態度も、表層の個性を演じているだけ。そのはずだ。彼女だってデミ・ヒューマンなのだから。たとえそれが、どれほど感情的に見えたとしても。

「気にしてないよ」

ルゥの舌が言葉を紡ぐ。不機嫌そうに見えたなら、アンバールとの同調に伴う万能感を邪魔されたからだろう。

「ホントに？　ホントのホント？」

「妙に食い下がるね」

「だってあなた、古いエルフでしょ？　年上って気難しいんだもん。昔パーティーに呼ばれて行ったときなんか、ひどかったのよ。あたしがワガママ言うたびに、みんなしてこーんな顔するの！」

ブリジッドは思いっきり眉間にしわを寄せると、自分の顔面を指差して見せた。なるほど、想像しやすい。

「大丈夫だよ、ぼくは変わり者だから」

「確かに！　ふふっ」

安心したのか少し笑ってから、再び視線を周囲の映像へと泳がせた。アンバールは右手にハイブラゼルの町並みを見下ろしながら、水平線の描く星の丸みをなぞるように、ゆったりと旋回している。海鳥たちの白い翼が、編隊を組んで渡っていく。空と海からの青い光がコックピットを満たしている。基地《ベース》は島の山岳部に隠れ、ユーモラスなフォルムの構造体も既に見えない。

「ねえルゥ、あれは？　何か飛んでるわ」

ブリジッドがそう口にしたときには、アンバールも既に彼女が示す対象を捉えていた。右斜め後方から一直線に向かってくる、星のない夜空色の機体。のんびり空の散歩を楽しもうという風情《ふぜい》ではない。あれは……獲物を見つけた猟犬《りょうけん》の速度だ。

すぐさま通信が入る。

《よう大将！　オフの日に飛ぶなんて珍しいじゃねーか、おい！》

こんな凶暴な波形を放つ戦闘機は、ハイブラゼルで一機だけだ。

《……何の用だ》

《はっ、俺がお前に用事っつったら、ひとつっきゃねーだろが、あァ？　出来の悪い部下に稽《けい》古《こ》つけてくれよ、なあ、隊長殿！》

途端、コックピット内にロックオン・アラートが鳴り響く。このままでは撃たれる。クルワッハは容赦《ようしゃ》しない。稽古といえば聞こえはいいが、奴は殺し合いがしたいだけだ。

――くそ、あいつ……正気か！

「え、これどうしたの、何、凄くうるさい！　墜ちる？　墜ちるの？」

狼狽《ろうばい》するブリジッド。アンバールとクルワッハの意思疎通は電気的な信号のみで遣《や》り取りされており、彼女には聞こえていないのだ。
焦燥を感じながら、生身の舌を動かす。
「大丈夫。舌噛むから、喋《しゃべ》らないで」
ルゥの腕でブリジッドをきつく抱き締め、シートベルト代わりにしつつ、アンバールは即座に回避行動に移った。機首を無理やり持ち上げてアフターバーナーを焚《た》き、水平飛行から垂直飛行への劇的な推移を見せる。銀の剣の一閃となり、夏の空を逆袈裟に切り裂いて、クルワッハの円錐状射程《キルコーン》から逃れる。主翼が揚力を弱め、不安定になった機体が震え始めるが、アラートは止んだ。すぐに機首を水平に戻す。
《やめろヴァラー、装備が十分じゃない、お前の相手はできない》
《嘘《うそ》はよくねえな、ボス。あるじゃねーかよ、『槍《やり》』が》
《バカか！　使えるわけないだろ！》
『槍』は、教団から超越武装《ちょうえつぶそう》の指定を受けた兵器だ。超越武装とは端的に言えば使ってはいけない武装であり、指定の基準は殺傷力や非人道性にはない。それらが使用される際、持たれる殺意の大きさが争点になる。
相手を塵《ちり》一つ残さず消滅させてやりたい。永遠の苦しみを与えてやりたい。子々孫々まで根絶やしにしてやりたい――そうした行き過ぎた殺意をデミ・ヒューマンが持つことは、『教義』

に於いて許されない。結果的に、強力な兵器類は軒並みリストに名を連ねているわけだが、核兵器やクラスター爆弾、細菌兵器やクォンタム・レーダーなど、錚々《そうそう》たる面子《メンツ》が並ぶ中に、包丁や鉈《なた》が含まれているのが冗談めいている。

どうしてそんなものがアンバールに搭載されているのかといえば、『槍』が唯一無二の物語性を担《にな》っているからだった。神々が造り上げた最後の兵器。ハイブラゼル最強の戦闘機に与えられるシンボル。造物主の殺意を受け継ぐライセンス。歴史上多くの権威がそうであったように、それは行使されてはならない。

ブリジッドが苦しげな声を上げている。クルワッハから逃げ続けるアンバールのコックピットは、凄まじい重力加速度の洗礼を受けていた。エルフ族がいかに、遺伝子改造による頑健な肉体を有しているとはいえ、彼女はまだ幼体だ。これ以上の加速は命に関わるだろう。

《一度帰投させてくれ！　その後で相手してやる！》

幼子が手にした絵筆のような軌跡を青空に描いて逃げ回りながら、アンバールは必死の通信を飛ばす。

《嫌だね、降りたらもう乗らないつもりだろ？　そうはいくか》

舌なめずりするような気配。

《こんな機会、滅多《めった》にねえんだ、さあ見せてみろよ万能者《イルダーナフ》、てめえの本気を！》

数ある二つ名の中で、一番大それたもので呼ばれ、アンバールは苦々しく思った――勘弁してくれ、ぼくにそんな大それた力はない。

しかし、アンバール自身がそう思っても、傍《はた》から見れば確かに、その機動は神がかっていた。満足な速度が出せないにもかかわらず、クルワッハのロックオン・サイトの内側には一秒も留《とど》まっていない。それは年老いた武術の熟練者が、勢い任せに掛かってくる若者を飄々《ひょうひょう》と捌《さば》く様に似ていた。

クルワッハは苛立《いらだ》っていた。アンバールに昨日の小憎たらしい少女が乗っていることは聞いていたが、彼女を庇《かば》いながら戦っているという発想には至らない。しかし、アンバールの動きが普段と比べて、精彩を欠いていることには気付いている——何故《なぜ》だ？　彼の偏った思考が導き出せる答えは一つだけだった。怒りに任せて通信を飛ばす。

《ナメてんじゃねえぞ、この野郎ッ！　おちょくりやがって！》

ナメてなんかない、ずっと必死だ！

そう返信してやりたかったが、アンバールにはその余裕すらない。ＣＰＵの演算能力はほとんどクルワッハの軌道予測に使われている。それでも足りず、経験と勘で補って尚、生存率は常に五〇パーセントを上回らない。張り詰めた危うい均衡《きんこう》。それは何か一つ、ほんの僅かなきっかけで崩れてしまうだろう。

「——るぅ……くっ、苦しい……死んじゃいそう……！」

小さな悲鳴が鼓膜をくすぐる。腕の中で、ブリジッドの身体が苦しげに痙攣《けいれん》している。それらの肉体的な信号が、冷たく律された計数の海から、ルゥの意識を浮上させた。なめらかに噛み合っていたアンバールとの間に生まれた僅かなノイズ。まったく理由のわからない不具合。その隙を見逃すクルワッハではない。

——ダメだ。

再度のアラート点灯を受けて、ルゥは匙《さじ》を投げた。完全に捕捉《ほそく》された。もう回避は不可能だろう。最後の足掻《あが》きで、被弾予測箇所に真銀《ミスリル》装甲を集結させたが、気休めにもならない。ヴァラーの指がトリガーを引くまでコンマ数秒。着弾まで二秒弱。余命はそんなところだ。祈りを唱えるには短いし、走馬灯に火を入れるにはやや長い。

——恐怖——次の素体《スタンバイ》は、ちゃんと育っているだろうか？　成長促進剤は障害が出やすくなるので投与していない——戦慄《せんりつ》——くそ、ヴァラーめ、後で覚えてろよ——ああ、怖い——！

……そして、激しい衝撃が、大気を震わせながら通り過ぎた。

少しずつ速度を落とし、旋回軌道へと入りながら、ルゥは鬆《す》の入った脳みそで、自分たちが何故まだ飛べているのかについて考えた。ブリジッドが激しく咳《せ》き込んでいる……

《——大丈夫ですか、ルゥ？》

そんな通信が飛んできて、周囲にカメラを向ける。

アンバールの後方に、大きな放射状の黒煙が上がっていた。爆発四散したクルワッハの名残だ。その向こうに、ミサイル雲を棚引《たなび》かせた、夏の空より鮮やかな、青い機影が見えた。

3　守るべきもの

アンバールが帰投してみれば、ハンガー内にはちょっとした集団が出来ていた。他の部隊の隊員たちだ。パイロットや整備士、背広組《ホワイトカラー》の姿もちらほらある。その横をゆっくりと通り過ぎ、レーアに続いて入庫する。

《ありがとう、助かった》

レーアへと通信を入れると、整然とした波形が返る。

《礼には及びません》

やがて停止したレーアのコックピットから、ウァハが梯子を使わずひらりと舞い降りた。しなやかな身のこなしに、長いお下げが揺れる。

キャノピーを開き、梯子を下ろしてから同調接続を切ると、ルゥは深く息をついた。恐怖の余韻《よいん》がなかなか去ってくれず、体温が下がったままだ。

「ねえ大丈夫？　なんか顔が青いけど……」

心配そうに言うブリジッドの方は、平然としていた。高G環境の後遺症もなさげだった。彼女とてエルフ、風と空の妖精なのだ。

「少し疲れただけさ。降りよう」

「うん、えっと……ありがとね、ルゥ！　スリルがあって楽しかったわ」

「どういたしまして」

ブリジッドに手を貸してやりながら降り立ったところで、ゾロゾロと兵士たちに囲まれた。うち半数は笑顔で、もう半数はしかめ面で、口々に話しかけてくる——「今日はちょっと危なかったんじゃないか？」「演出だろ？　ルゥが負けるワケねえさ」「くそ、有り金全部スッちまったよ」

アンバールとクルワッハの決闘観戦は、基地《ベース》で働く者たちにとって馴染みのある娯楽だ。名物と言っても良い。どちらが生きて帰るかでトトカルチョも行われている。というか、イベントとしてはそちらがメインだ。

「八百長《やおちょう》はしないよ」

ルゥは淡々と返す。

「つうか、流石にノーゲームだろ……おいウァハ、お前のせいだぞ！」

賭《か》けに負けた側の男に矛先《ほこさき》を向けられたウァハは、既に先程と同じ姿勢でレーアの梯子に半身を預けており、手元の本から視線を上げることすらしない。

「私の仕事は隊長を守ることです。貴方を儲《もう》けさせることじゃありません」

冷ややかな返答に男は舌打ちをしたが、間に割り込んだブリジッドが、その刺々《とげとげ》しい音を後頭部で遮《さえぎ》った。陰りのない微笑みを浮かべながら、朗《ほが》らかに言う。

「ありがとうウァハ、助けてくれて！」

ウァハは顔を上げると、ブリジッドを一瞥《いちべつ》した。

「別に貴女を助けたつもりはないのだけど。もし貴女がクルワッハに乗っていたとしたら、遠慮なく撃墜していたもの」

「ちょっと！　こっちが素直にお礼を言ってるんだから、素直に受け取りなさいよ。そういうひねくれた態度よくないわ……ねえ、聞いてる？　ねえ！」

ブリジッドの言葉が終わらないうちに、ウァハは再び頁《ページ》へと視線を落としていた。もう取り合わない、語る口は無いという態度。

ふたりがそんな会話を交わしている間に、ルゥはファリニシュの翼下へと向かい、肩を怒らせているホリンの背中を見上げて言った。

「ありがとう、ホリン」

ホリンは振り向かずに、押し殺した声で返す。

「……何がですか？」

「きみがレーアを誘導してくれたんだろ？」

レーアは機動力特化型の機体であり、高性能なレーダー機器は搭載していない。アンバールから管制部にフィードされる情報にはタイムラグがあるし、超高速戦闘を繰り広げていた自分とクルワッハの位置を単機で追えたとは思えない。ファリニシュのセンサー・フュージョンなしには不可能だったのだ。

「まあ……隊長がヴァラーさんに撃墜《おと》されるところなんか、見たくなかったですし。けど、まだ許したわけじゃないですからね！　あんなわけわかんない子連れてきて……」

「感謝してるよ。本当にありがとう」

チラリ、肩越しに見下ろしてくる。

「……隊長には僕が必要だって、思い知りましたか？」

「いつもそう思ってる」

ルゥが衒《てら》いもなく言えば、ホリンはずっと怒らせていた肩から力を抜いて、風船がしぼむように溜息をついた。

「これだもんなあ……ズルいよ」

「――なんだ、もう終わったのか？　残念だな」

不意にそんな言葉が、ハンガー内の清涼な空隙《くうげき》に木霊《こだま》した。口調は老成しているが、声そのものは幼い。

「一同、敬礼ッ！」

誰かがそう叫び、次の瞬間、軍靴の踵《かかと》が一斉に打ち鳴らされた。かなりの大音声《だいおんじょう》に、ブリジッドがびくりと肩を竦める。彼女以外、その場に居る全員が背筋を伸ばし、ハンガーの出入り口へと挙手敬礼を向けていた。

ガイネと向かい合って胡座《こざ》していたガヴィーダも立ち上がっていたし、ホリンも主翼から飛び降りている。ウァハも本を閉じている。

一糸乱れぬ敬意の向けられた先には、常夏の輝きを背負い、逆光となって立つ、小さな影があった。未成熟な素体で、無数の徽章《きしょう》で飾られた軍服は丈が余り、袖《そで》も裾《すそ》もロールアップ。頭の上に、やはりサイズの合わない軍帽がずれて載っている。特筆すべきは右腕で、なめらかな銀の光沢を放つ真銀《ミスリル》製の義手になっていた。

ヌァザ155。ハイブラゼルの陸海空、全軍の統帥権を持つ将軍。エルフはその超個体的性質から、組織に於ける指揮系統が複雑化しない傾向にある。この基地《ベース》に於いても同じで、彼だけが唯一の統括者であり、後は各小隊の隊長以外、階級は存在しない。

にわかに辺りを満たした厳然たる空気はしかし、皆が敬礼を解いて姿勢を崩せば、同じように一瞬で弛《ゆる》んだ。

「将軍はどっちを応援してたんです?」

先程ウァハに噛み付いていたひとりが、親しげに声を投げる。

「決まってるじゃないか、私は昔からルゥのファンだぞ」

そう返しながらきびきび歩いてくると、ヌァザはルゥの眼前で立ち止まり、軍帽の鍔《つば》の下から見上げた。

「急いで見に来たのに。次はもう少し長引かせてくれんか」

「そんな余裕ないですよ……」

「ふむ、まったくヴァラーめ、もう少しねばればいいものを……ん？」

語りながら、その視線はふと、場の異物たる少女へと向けられた。途端に言葉は尻すぼみに消えて、表情はみるみる驚きに満たされた。

ヌァザが何事か口にするよりも早く、ブリジッドはウァハの傍を離れ、ルゥの横に並んで言った。余所行《よそゆ》きの微笑を浮かべて。

「お久しぶりね、ヌァザ将軍。建国記念式典以来だったかしら？」

「やはり、聖娼ブリジッドか！　いやはや、こんなところで会うとは……」

ルゥは横から将軍へと尋ねる。

「お知り合いだったんですか？」

「ああ、もちろん。政治資金パーティーや社交界でよくお会いするからな……というか、お前こそ知り合いだったのか？」

「ええ、まあ……」

言葉を濁《にご》した。疚《やま》しい気持ちはないが、説明すると長くなるからだ。

それにしても、ブリジッドが本当に娼婦だったとは……今の今まで半信半疑だったが、ヌァザが言うなら間違いはないだろう。

ヌァザは再びブリジッドへと目を向け、

「にしても、今日は何故こちらに?」

「見学ですのよ。アタクシたちをお守りくださっている兵士さんたちが、普段どのような活動をされているか、興味がございまして……おほほほほ」

科《しな》を作り口元に手を当てる仕草は、相応の年齢ならば或いは妖艶《ようえん》に見えたかもしれないが、今の姿では精一杯背伸びをしているようで微笑ましいだけだ。

「はあ、見学……相変わらず突拍子もないことをなさいますな。ああ、幼体らしい好奇心の表現ですかな?」

かぶりを振りながら言うヌァザ。自身の生活圏以外の場所に赴《おもむ》くというのは、エルフ的にはかなり珍しい行動だ。

ルゥは再び口を開く。

「あの、将軍。ぼくはこれで失礼しますね。アンバールの調整に来ただけなんで」

さっさとふたりから離れて歩き去る。

「えっ、ルゥ? ちょっと待っ……そ、それではアタクシも、失礼しますですわ!」

焦《あせ》りからなのか、胡乱《うろん》な敬語で言って、ブリジッドが後を追ってくる。

「あ、ああ……お気をつけて」

啞然《あぜん》としたままのヌァザを残し、ふたりはハンガーから外に出た。

すぐに暴力的なまでの熱気が吹き付けてくる。熱された滑走路の彼方は陽炎《かげろう》に歪み、逃げ水が揺らめいている。

先を歩くルゥに追いつくと、ブリジッドは唇を尖らせて言った。

「ちょっと、レディーを置いてくなんて、どういう了見なのよ！」

「いや、別に……」

「……あ、わかった！　うふふ……そっかそっか」

何がわかったのかがまったくわからず、ルゥが訝しげな視線を向ければ、ブリジッドはにやついていた。

「もおお、ルゥったら可愛いんだから！　別に将軍とは何も無いわよ、安心して頂戴！」

「……え？　あ、ああ……いや、別に嫉妬《しっと》とかじゃないよ」

「えっ、じゃあ何なの？」

「長居すると、面倒なことになりそうだったからね。将軍にはちょっと失礼だったかもだけど……っと！」

ルゥは言葉を切ると駆け出した。向かう先、停留所に自走バスが停車しているのが見えたからだ。目の前で閉まりかけたドアに靴《くつ》の爪先をねじ込み、無理やり開いてブリジッドを待った。

行きと同じく、普段なら勤務中の時間なので、人気はない。

ふたり並んで、最後尾の席に座った。バスが走り出せば風が生まれて、汗ばんだ身体を冷ましていく。ゲート方面から来たバスとすれ違う。

「――あ、てめえっ！」

瞬間、刺々しい怒号が響いた。ふたりして視線を向ければ、対面のバスの窓から、ヴァラー992が――いや、今や993が、此方《こちら》に飛び移ろうとせんばかりに上半身を乗り出して叫んでいるのが見えた。幾分か若返ったような印象はあるが、それほど変わっていない。またガロン単位で成長促進剤を投与したのだろう。

「コラ逃げんな、もっぺん勝負だ！　今度こそ墜としてやるからよ、なあルゥ、戻れよオイ、戻れって――！」

互いのバスの相対距離が遠ざかるにつれ、がなり声もフェードアウトしていく。聞こえなくなった頃、ずっと目で追っていたブリジッドは振り向いて、納得顔で言った。

「……なるほど、これは面倒だわ」

家に帰り着く頃には、ルゥは疲れ切ってしまっていた。

「あー、くそっ……こんなに疲れたの、二〇〇年ぶりくらいだ……」

今日は本当にきつかった。基地《ベース》でヴァラーに追い回された後は、約束どおりブリジッドの買い物に付き合ったからだ。今度は夕飯の食材が中心で。

元々筋力や体力に自信のある方ではないというのに、炎天下にさんざっぱら市場を連れ回され、何処かの店に寄る度に荷物は増えていき、両腕の乳酸は既に飽和《ほうわ》状態だった。食材も日用雑貨も衣服類も、纏めてキッチンに放り出すと、リビングのソファーにぐったりと仰臥《ぎょうが》した。全身が洗濯物のタオルにでもなった気分だ。

「情けないわねえ、成体のくせに」

両手の拳《こぶし》を腰に当て、呆れ顔のブリジッド。

「幼体はいいよな、疲れ知らずで……」

ルゥは息も絶え絶えに返す。

「よくないわよ！　誰のせいでちっちゃくなったと思ってるわけ？」

「いや、申し訳ないとは思ってるけど……正直なところ、どっちかって言うとぼくも被害者なんだけどな」

フローリングの床に軽やかな足音が響き、強い衝撃が腹部を襲った。呻き声を堪《こら》えながら、自分の腹の上に座ったブリジッドを見上げる。ぼくはクッションじゃないぞと、視線で抗議する。

「疲れ知らずって言うなら、試してみましょうか？　あたしの本当のお相手は神様たちだけど、こういうの、できないわけじゃないのよ……あはっ」

流し目、甘やかな声。片手の指でルゥの薄い胸をまさぐりながら、小さな尻を押し付けてくる。窓から染み込む夕暮れに照らされた姿は淫靡《いんび》さを懸命に装《よそお》っていたが、演技が完璧《かんぺき》であればあるほど幼さばかりが際立ち、性的な魅力からは程遠かった。思わず噴き出しそうになってしまう。

「料理してくれるんじゃなかったの？」

含み笑い気味に返せば、ブリジッドは肩を竦めた。

「あなたを料理してあげる、って言って欲しい？　それとも、あたしを召し上がれ？」

「そんな比喩的《ひゆてき》な意味じゃないよ」

「ふうん、小鳥の囀《さえず》りよりパンがお好みってわけ。まあいいけど」

そのまま立ち上がり、元気盛りの跳ねるような足取りでキッチンへと駆けていく。重みから解放されて一息つくと、ルゥは片腕を枕に窓の外を眺めた。黄昏《たそがれ》の黄金色《こがねいろ》から、夜の群青色《ぐんじょういろ》へと移り行く空を。やはり空が好きだ。見ていると、何処か遠くに行ける気がするから。

どれぐらいぶりだろう？　外食以外で誰かの手料理を食べるのは。そもそも、これほど私生活に他者が踏み込んできたことがあっただろうか？

奔放《ほんぽう》な少女に散々振り回されて……それでもやはり悪い気はしなかった。料理が出来上がるのが、今は……楽しみ……ですら…………ある…………

——いつの間にか、眠ってしまっていた。

気が付けば窓の外はすっかり夕闇で、部屋は電灯の白々しい光に満たされていた。ブリジッドが点《つ》けたのだろう。

「ふんふんふーん……♪」

明るい鼻歌が耳朶《じだ》を、チーズの焦げる香ばしい匂《にお》いが鼻腔《びこう》を、それぞれくすぐってくる。身を起こしてキッチンに目を向ければ、仕切りの向こう、低い位置にある後頭部がかろうじて見えた。

「……いい匂い」

寝惚《ねぼ》け眼《まなこ》で呟けば、癖の強い髪がフワフワと揺れて横顔が覗いた。

「あら、起きたの。もうすぐ出来るわよ」

「何作ってるの？」

「うんとね、オイスターのオイル漬けと、お肉と野菜の包み焼き《パスティ》と、お魚のグラタン」

「へえ……結構本格的なんだ」

欠伸《あくび》交じりに返して伸びをしていると、手を叩く音と共に叱咤が飛んできた。

「ほらほら、起きたならボーッとしてないで、テーブルと椅子をベランダに運んで」

「え……外で食べるの？　何で？」

「夏だし、晴れてるし。広いベランダなんだから、使わなきゃ勿体無《もったいな》いでしょ」

彼女の行動理念は、ルゥとはまるで違うようだった。どうして夏で晴れていたらベランダなのか、まるで理屈に合ってないのに勢いだけはあって、そうした方がきっといいんだろうという気分にさせられる。

ルゥはソファーから立ち上がると、疲れ切った両腕に鞭《むち》打って、言われた通りに椅子とテーブルを運び出した。

程無くして、両手にミトンをはめて大きなグラタン皿を持ったブリジッドがやって来た。家庭的なエプロン姿は全然似合わないようでいて、意外にしっくりくる。ルゥも手伝って料理や食器を運び、準備を終えると向かい合って腰を下ろした。

「さ、召し上がれ！」

笑顔で促され、フォークを手に取った。恐る恐る大粒のカキを口に運ぶ。咀嚼《そしゃく》し、嚥下《えんげ》する……カキであたるときついが。

「どう？」

ブリジッドの窺うような表情を見返す。すぐには言葉を返さず、パスティに齧《かじ》り付き、グラタンにスプーンを伸ばす――たった今思い出したが、自分は腹が減っていたのだ。カキは薫《かお》り高く、パスティのパイはサクサクで、グラタンのベシャメルソースは濃厚だった。どれも空きっ腹に染み込んでくるような、優しい風味を帯びていた。

それぞれ、もう一口ずつ味わってから、溜息と共に言った。

「……何か変なもの入れてない？」

「変なものって?」

「中毒性のドラッグとか」

「入れるかっ!」

目を吊り上げるブリジッドに、慌ててフォローを入れる。

「冗談だよ。美味しいよ、吃驚《びっくり》した」

そう宥《なだ》められれば、ツンとそっぽを向いて、

「最初からそうやって、素直に褒《ほ》めたらいいのよ、ウァハといい、あなたといい。誰だって素直が一番だわ。シニシズムなんて、自分が思ってるほど格好つかないんだから」

「悪かったってば」

漫《そぞ》ろな謝罪ではあったが、その後のルゥの食べっぷりがなかなかのものであり、どんな言葉よりも雄弁に先の評価を裏付けていたので、ブリジッドも機嫌を直した。楽しそうな誇らしげな笑顔を浮かべながら、ルゥの皿が空になる度、山のようにお代わりを盛り付けた。ギブアップの声が上がるまで何度も。

「――そういえば、ルゥって何世代?」

食後の茶を飲んでいるとき、不意に尋ねられた。

「二世代」

返事が短いのは、食べすぎて苦しいからだ。

「やっぱり、ハイ・エルフなんだ！　じゃあさ、じゃあさ……」

ブリジッドは勢いよくテーブルに身を乗り出した。その瞳には、彼女の外見に似つかわしい、幼心の輝きがあった。好奇心、憧れ……そういう光。

「アナに直接お逢《あ》いしたこと、あるのよね？」

久しぶりに聞いたその名前に、ルゥは一瞬言葉を失った。

――アナ。

その名を思うだけで、未だに言葉にできない複雑な感情と、膨大《ぼうだい》な時の彼方に霞《かす》む記憶に胸が詰まる。一度瞑目《めいもく》し、ざわめく心を落ち着かせてから口を開いた。

「……あるよ」

「わお！　どんな方だった？　やっぱり美女だった？」

「そうだね……綺麗な女性だった、とても」

ブリジッドは両手を胸の前で組むと、瞳を潤《うる》ませ星を散らした。恋する乙女さながらの、陶《とう》酔《すい》の表情で。

「はーん！　やっぱりそうなのね……外見だけじゃなくて、心も凄く綺麗で、御優しい方だったと思うわ……それでいて、とても強い意志を秘めているの！」

「よくわかるね」

会ったこともないのに。

「あら、わからない方がおかしいわよ」

ブリジッドはさも当然のことのように言って、席を立った。ベランダの縁《へり》まで走り、木製の手すりを背にして振り向く。その表情は例えるなら、どうして空が青いのかとか、何故悲しいとき涙が出るのかといったような、幼子の無邪気な質問に答えようとする母親のそれだった。

「見てルゥ、この町を。あたしたちの為に、アナが御造り下さったのよ」

両腕を広げて、示唆してみせる。夜風が彼女の背中を吹き上がって、朝焼けの雲のような髪を躍らせる。

「綺麗で暖かくて、誰も飢えたりしない。住み易《やす》くて優しい町。でも、少しだけさみしいの。きっとアナって、そういう方だったんだわ！」

――ああ……

ルゥは息を呑んだ。

斜面に建つコンドミニアムのベランダは階段状、扇形に広がる緑の庭園だ。風が吹く度に、夏を待つ新緑が囁いている。此処からの夜景は今まで何度となく眺めてきた。本当に何度となく。しかし今夜、年月と経験に擦り切れ瑞々しさを失ったはずの風景は、再び神秘の輝きを取り戻していた。

この辺りは島の裏側で、大聖堂のある表側からは離れており、同じアッパータウンでも趣《おもむき》が異なる。行政施設が立ち並ぶ向こうに比べてオペラハウスやカジノなど娯楽施設が多く、すぐ其処までミドルタウンの歓楽街が押し寄せてきている。煌《きら》びやかな町並みの向こうにはコロシアムの威容が聳え、更にその向こうには基地《ベース》の施設群と海が見えた。住民が増えることも減ることもないこの島に、背の高い建物は多くない。

自然と調和した眺望は、幼子が初めて見る世界のように美しかった。創造主の深い慈愛《じあい》が感じられた。

——ぼくらは……愛されていたのか。

心の何処かでずっと、置いていかれたと思っていた。自分たちはアナに見捨てられたのだと。彼女が神として死にたかったのだと頭ではわかっていても、生まれることの許されなかった愛は胸に燻《くすぶ》り続けていた。行き場のない愛が。

——ありがとう、アナ。ごめんなさい、何千年も気付かなかった。

「え……ええっ！　ちょっと、なんで泣いてんの！」

そう言われて、両目から流れる熱いものに気付いた。滲《にじ》む視界の中で、ブリジッドが慌てている。

「あたし、何か傷付けるようなこと言った？　ね、ねえ……どういう演出？　わからないんだけど」

戸惑う姿が可愛くて笑いが込み上げるが、横隔膜《おうかくまく》が痙攣し嗚咽《おえつ》になってしまう。腹に力を入れて、震える息を吐いた。

「……きみのせいじゃない。大丈夫」

涙を拭《ぬぐ》って立ち上がると、ブリジッドの隣へと歩く。サンダル履《ば》きの足に豊かな草葉が触れる。その感触すら新鮮に思える。夏の夜風は透明で、肌を撫でて過ぎていく。手すりに片肘を預け、不思議そうに見上げてくる瞳を見下ろした。

「……凄いな、きみは」

ブリジッドは呆気《あっけ》に取られた様子だった。据わりが悪そうに視線を泳がせて、

「え、なに急に、なにが？」

「そんな考え方があったなんて、思いもしなかったよ。きみに気付かされた……今まで、これほどアナを身近に感じたことは、なかったかもしれない」

「えぇ……？　直接お逢いしたのに？　変なの！」

「そうだね、変だ」

自分はただ漫然と過ごしてきた。アナの愛はいつも傍にあったのに、気付こうとしなかった。与えられるものを甘受《かんじゅ》するだけで、その意味を知ろうとしなかった。

ブリジッドは眉間に数学者のような、或いは哲学者のようなしわを寄せた。

「つまりあなたは、あたしの考え方に感動した、ってこと？　それって泣くほどのこと？」

「ぼくにとってはね」

「ふうん……あなたって、やっぱり変」

小首を傾げる様を横目に、ルゥは手すりに背中を預けて身を反らせた。夜空が胸に、甘く圧《の》し掛かってくる。

「お互いさまじゃないかな」

「えっ、あたしは普通よ！　そんなわからないこと言ってないでしょ！」

――そうだ、わからなくはない。これは多分、普通のことだ。当たり前のこと。

「まあね……」

環境保全フィルムに薄められた星の海が、視界一杯に広がる。星空とはこれほどに美しいものだったのか？　涙が瞳を洗ったからか？　一際目を引く一番星、あれが『聖地』だ。神々の故郷、デミ・ヒューマンにとっては絶対不可侵の神域。

丁度この夜空に似た、晴れやかな気分だった……しかし、僅かに不安もあった。ブリジッドの言うとおり此処は確かに優しい町だが、それとは全く別の理由で、生きづらい町でもある。種の元型《アーキタイプ》から逸脱した者にとっては。

死を恐れる自分は異質だ。だがブリジッドからは、それ以上の異質を感じる。造物主の愛を受け止められる、というのは。それはまさに……

「あら……そろそろ大接近祭《だいせっきんさい》ね。聖地があんなに大きい」

ルゥと並んで空を見上げ、ブリジッドが言った。この星の周期で一年半弱、『聖地』の時間にして二年二ヶ月毎《ごと》に、二つの惑星の公転軌道は接近する。その時期が近いことを、頭上の青光の大きさが告げていた。全生存圏を挙げた盛大な祭りが開催されるのだ。

「……ねえ、アナの話、もっと聞かせて。どんな方だったの？」

遠く清《さや》かなる光の下。神々を偲《しの》ぶには相応しい時間。古い宝物を大切に箱から取り出すように、ルゥは幼い日の記憶を手繰《たぐ》る。

「ぼくもちょっと会っただけだからな……花がお好きだったそうだよ。ぼくもたくさん摘んで持っていった」

「わかるー！　いいわよね、お花って。あたしも大好き！」

両手を組み、うっとりと瞳を潤ませるブリジッド。

「あと、そうだな……ずっと書き物をしてた」

「やーん、素敵っ！　それって、『聖記《せいき》』よね？　一度読んでみたいな！」

アナが一日とて欠かさず書き続けた、五百余冊の書物群は『聖記』と呼ばれ、教団の最高機密として保管されている。「誰も読まないで」というアナの遺言《ゆいごん》を、エルフたちは忠実に守り続けていた。

「ぼくも読んだことない。何が書いてあるんだろうね」

「え？　日記でしょ」

ブリジッドがさらりと言うのに、ルゥは驚いて星空から視線を下ろした。

「どうしてそう思うの？」

「誰にも読まれたくないノートなんて、それくらいしか考えられないもの。きっとね、忘れたくないことがたくさんあったから、日記を残していたんだわ。アナの昔のロマンスとかも書いてあるのよ！　きゃーっ」

——この子は……

目まぐるしく変わる表情、色とりどりの言葉、そして……アナを理解できる感性。ああ、彼女は本当に聖娼なのだ。

ルゥは再び視線を上空に戻すと、至聖の星へと祈りを向けた——ああ、神々よ……どうか彼女を、あらゆる苦難よりお守りください……彼女がとこしえに幸せでいられるよう、お守りください……

それから、ふと不思議に思った。

……自分は一体、何を心配しているのだろう？　神の御業と威光に守られたこの世界で、彼女にどんな危険があるというのか。誰が危害を加えられるというのか。馬鹿らしいことだ……幾らそう自分に言い聞かせても、奇妙な焦燥感は消えてくれない。

——ぼくは、どうしてこんなに……怯えているんだ？


大聖堂の最上階に位置する執務室は、電子の光に満たされていた。外観と同じく懐古趣味的な内装で、石組みの壁に年代物の調度品が並ぶ。部屋の中央に鎮座する大きなワーキング・デスクの上には、幾重ものホログラフィック・ディスプレイが投影されている。

背の高い椅子に腰掛け、キーボードに指を置いているのは、マクリール9。教団の大教主たる慈悲の仮面を脱ぎ去った峻厳《しゅんげん》な素顔を、無機質な光が照らし上げている。

このデスクは、島の中枢システムに接続された端末だった。アナの聖遺物であり、神々規格の旧式であるため同調できず、キーボードによる操作しか受け付けない。

アナが世を去ってからは、彼が此処から島の全てを管理してきた。各省庁が司《つかさど》るごっこ遊びの政治経済とは違う、根源的な仕事——百数種類にも及ぶナノエレメンタル雲を制御して環境を整え、様々なシステムの調整をこなし、彼女が愛した島と民をひたすら守ってきた。

だが今夜は、作業に深刻な遅延が生じている。早急に対処しなければならない案件があり、そちらに多大な時間を取られていた。

「——報告、ご苦労だった」

モニターを透かして、机の向こうを一瞥する。視線の先には軍の制服姿の少女が居る。長いお下げ髪に怜悧《れいり》な相貌、ウァハだった。

「どうでしたか？」

相手が大教主といえど、その淡々とした口調は変わらない。

「お前の想像どおり、ブリジッドは異端者だ」

「やはり……」

マクリールはやれやれと息を吐いた。

「やはり、お前を付けておいて正解だった。あれは危険なのだ……昔から」

「……昔から？　まだ若いエルフでは？」

「個体としてはそうだが、あれには遺伝的な問題がある……まあ、それはいい。お前には関係のないことだ」

教団は過剰な自我を有していると思われる者たちを、異端者として密《ひそ》かにリストアップしていた。ハイブラゼル住民の異端者被疑リストには、ブリジッドとルゥの名前も記されている。

彼らが表向きの法で裁かれることはない。かつて神々には、『翼で空を飛んではならない』という法は存在しなかった。神々の背中に翼はないからだ。同じ理屈で、存在するはずのない自我を抑制する法もまた、存在してはならない。

「……それで、どうなさるのですか？」

「除名者《ディスミッサー》を起動した。洗礼を受けさせる」

マクリールの返答に、ウァハの表情に乏しい顔が、珍しく感情めいたものを浮かばせた。安《あん》堵《ど》と不安が綯《な》い交ぜになった、複雑な表情だった。

「……ルゥは？」

「感情は伝染する。奴にも洗礼が必要だ」

異端者が単体であるうちはまだいい。問題なのは異端者同士が出会ってしまった場合だ。自我と自我は共鳴し合い、更なる覚醒を促す恐れがある。感情による汚染は、文化通念《ミーム》に多大なる影響を与える。

ウァハは俯くと、血が滲むほどに下唇を噛み締めた。

今すぐにルゥの元に駆け付けたいという、強い衝動に駆られていた。自分の密告が招いた事態ではある。しかしそれでも、ルゥをあらゆる危難から守ることは、彼女の存在理由そのものなのだ。理屈ではない。

「……苦しいか？」

「いえ……」

「隠すことはない。守るべき者を敢えて傷付けねばならぬ苦しみは、耐え難《がた》いものだろう。かつての私もそうだった」

マクリールは憐《あわ》れみの微笑みを浮かべていたが、瞳の奥底には覆い切れない冷たさがあった。年月が温もりを削《けず》り取り、疲労と鋭さだけが残ったような。この年経たエルフは、若き同族の行動原理を完全に掌握《しょうあく》していた。

「だが考えてもみなさい。仮にそうなったとして、失われるのは現行版のルゥ72だけだ。仕方のない犠牲だと割り切るのだ」

囁かれる言葉のなんと甘く、赦《ゆる》しに満ちていることか。

「これは彼を守る為に、必要なことだと」

――ルゥを、守る……

異端に汚染され、完全な自我が芽生えてしまえば、この星の何処にも居場所はなくなる。全てはルゥの為、仕方の無いことなのだ……そう考えれば、存在の根幹を揺るがすこの苦しみにも耐えられた。正しさはときに麻薬のように、痛みを忘れさせてくれる。

――そう、私はルゥを守る。

教団から命じられた監視役を引き受けたのも、その想いがあったればこそだ。

「……わかりました」

ウァハが再び顔を上げたときには、冷然とした無表情が戻っている。


ルゥはしばらくブリジッドと、庭先で『聖地』を見上げていたが、そろそろ片付けようという話になった。満天の星空からふと視線を下ろしたとき、奇妙な感覚を覚えた。

何かが聞こえる。遠くから幽かに、夜風に乗って。

立て付けの悪いドアの蝶番が軋むような、不快な音だった。夕闇の中に幾重も浮かび上がっては、複雑な波形を生み出していく。最初は雑音かと思われたそれが段々と大きくなるにつれ、一定の規則性と意味を備えたハーモニー――音楽であると理解できた瞬間、全身が震えた。理由不明な戦慄に。

聞こえる音に不思議そうに周囲を見回していたブリジッドが、

「……？　ねえ、あれ何かしら？」

と、手すりに腹を乗せて身を乗り出し、眼下の街角を指差した。

目を向ければ、遠目には何であるか判別のつかない、だが確かな異変が起きていた。

街灯と街灯の間の暗がり、裏路地の隅に淀《よど》む影、側溝や下水溝の奥深い闇――この美しい島の随所にわだかまる夜の真底より、得体の知れない黒いものが噴き上がり、宵闇《よいやみ》をまだらに染めていた。輪郭は曖昧で何かの気体のようだが、その蠢《うごめ》きには確かな意志が感じられる。寄り集まって膨張しながら、此方に向かってきているのだ。黒一色ではなく、内側に瞬く無数の赤い光が、満天の星々にも似たうねりを描いている。光がさんざめく度に音楽が生まれる。

何が起きているのかとか、あれが何なのかという疑問は、ルゥにはなかった。そういう論理的な思考が働くより先に、恐れが心を真っ黒に染めていた。

ブリジッドの手を乱暴に取り、無理矢理に引いて踵《きびす》を返す。

「――痛ッ！　なにちょっと、痛いって！」

「こっちだ、早く！」

非難の声には構わずに、下草を蹴立ててベランダを横断し、リビングを過ぎて玄関から飛び出す。サンダル履きの足をもつれさせながら。

「ど、どうしたのよ、ねえ！」

「まずい、あれは……危険なんだ、逃げないと」

コンドミニアムの共用部、幅広の歩廊を駆け抜けながら返す言葉は、ほとんど独り言だった。

ブリジッドは強引に引っ張られながら、子どもの足で懸命についてくる。

「いたっ、ちょっと、引っ張られないでったら！　なによ、あの霧みたいなの？　アレがどうしたの？　なんなの？」

吐息が震える。抑えられない。

「……わからない」

「なにそれっ！　危険って言ったくせに！」

「わからないけど、わかるんだよ！」

らしくなく強い語調に、ブリジッドは驚いた様子だった。

自分自身、激しく混乱していた。吐き気を催すほどの恐怖を感じているのに、その理由がぽっかりと抜け落ちている。未知であるが故《ゆえ》に純粋な恐怖。それでも今、かろうじて耐えられているのは、古来征戦《こらいせいせん》、幾度となく死の恐怖を味わってきたからだろう。

足音二つけたたましく響く中、あの音楽が加速度的に大きくなってきていた。一つ一つの音は耳を塞《ふさ》ぎたくなるほどグロテスクなのに、重なって生まれる旋律には奇妙な美しさがあった。血で描かれた絵画や、死体を塗り込めた彫刻に触れたなら、同じような背筋の寒さを感じるかもしれない。

エレベーターホールを素通りし、非常階段を駆けのぼる。途中、吐息も荒くブリジッドが尋ねてくる。

「ねえ！　なんで上に行くの？　逃げるなら下に逃げないと！」

「ダメだ。もう囲まれてる」

答えながら、屋上へと続く扉を開け放てば、夜風と共に音の塊がぶつかってきた。押し戻されそうなほどの圧力を伴う音楽。

「……ああ、くそっ！」

目の前に広がった光景に、ルゥは呻いた。屋上庭園に生い茂る木々や草花、豊かな緑が形成する夜陰の中には、既にあの赤い星々が瞬いていた。赤方偏移《せきほうへんい》した銀河のように。

立ち竦んだルゥの後ろから身を乗り出し、ブリジッドは目を細めて、赤く煌めく闇を見つめた。その正体を認めた瞬間、身を強張《こわば》らせて仰《の》け反った。

「ひっ⁉　なな、何よあれ！　ムシ？」

胴体は拳大の球体、節足《せっそく》が四本と、先端に凶悪な針を有す長い尾が一本。中央には赤い単眼。黒い外骨格は金属の光沢を帯びている。生物なのか機械なのか判別のつかないそれらが、無数に蠢いている。

「うぅっ！　あ、あたし駄目なのこういうの、びっしりいるやつ！　と、鳥肌が……うわっ、わあ、ルゥ！　ルゥ大変、下からも来てる！」

背中をばしばしと叩かれても、ルゥは振り返らなかった。見るまでもなく、迫りくる音楽でわかる。コンドミニアムは黒い水に溺《おぼ》れかけているかのようだ。

包囲の完成を待っていたのか、庭園に巣食った一群が、にわかに進攻を開始した。赤い瞳を輝かせ、怒濤《どとう》の如《ごと》く押し寄せる。生物的ではまるでない、統率されすぎた動きで。

「さ、最悪！　ムシに集《たか》られて死ぬなんて、一番最悪の死に方よ！　絶対最悪だわ！」

ヒステリックな叫びを耳に、ルゥは前に出た。繋いだ手の温かさを感じる。恐怖は消えない。でもとにかく、この小さな手を引かなければと思った。安らかな場所まで。

「大丈夫。きみは……ぼくが守る」

短い言葉の間に、速やかに戦闘準備を整える——エレメンタル・ドライバ起動、メインポート開放——ＤＯＮＥ。神経回路アクセス先、回遊ナノエレメンタル雲——ＤＯＮＥ、接続確立——迫りくる怪虫の群れに背を向け、ブリジッドを抱き締めた。この世の全ての害悪から庇うように——

直後、イチイの枝に似て屈曲した数条の稲光が、夜空を縦に引き裂いて落ちた。度重なる激しい雷鳴が、ブリジッドの悲鳴を掻き消していく。

——やがて青天の霹靂《へきれき》が収まった頃、ブリジッドの身体を離して振り向いた。

庭園のあちこちから白煙が上がっていた。生木の焦げる臭いと、鼻を突くオゾン臭《しゅう》が立ち込めている。そして、美しい景観と引き換えに、多くの蟲《むし》たちが腹を見せて転がっていた。密集していたのが幸いし、広範囲に通電したのだろう。群れ全体から見れば大した被害でもないだろうが。

「――うっ、ひゃあ……今のなに？　あなたの仕業？・」

呆然《ぼうぜん》と呟くブリジッド。彼女が知らないのは当然で、環境を司るナノエレメンタルと接続するエレメンタル・ドライバは、第三世代以降からは廃止《ディスコン》された機能だ。神々ほどのアクセス権限は当然ないが、稲妻を喚《よ》ぶ程度なら容易い。

「話は後だ。すぐまた囲まれる」

そう返して、再び駆け出す。ブリジッドの手を引いて、落雷が切り開いた道を。

このまま隣のビルに飛び移り、建物の屋根を伝って逃げるつもりだった。庭園内にはまだ大量の蟲が犇《ひしめ》いているが、今や雷光はルゥの指先に等しかった。床に落ちたペンを拾うより簡単に、その力を行使できる。

――うおおおん。

もう一発の雷撃を放たんとしたそのとき、蟲たちの合奏が突如《とつじょ》音圧を強めた。同時に、上空で発生していた電位差が中和され、今しも放出されようとしていた雷光が、跡形も無く消え去ってしまう。

ルゥは慌てて足を止めた。

「そんな馬鹿な……！」

「何、どうしたの？　早く逃げないと」

ブリジッドの不思議そうな声が、遠くに聞こえる。

パニックを起こしかけた思考が、独楽鼠《こまねずみ》のように脳裏を奔る——まさか、そんな……接続が切られた？　シグナルが無い……この不気味な音楽が原因か？　あり得ない……同調ジャミングなんて、確実に超越指定の機能じゃないか！

脳細胞は目まぐるしく蠢き、生存の道を探る。

——そうか、これは……音楽じゃないんだ。さっきからこの音量の中で、普通に会話ができている。これは音楽ファイルなんだ。脳の聴覚野《ちょうかくや》に影響を及ぼし、音楽として認識される、一種のマルウエア……

やがて思索が一つの結論に至り、ルゥの全身に震えが走った。エレメンタル・ドライバは、ある基幹システムを利用した副次的な機能に過ぎない。

「——ブリジッド！　接続は！」

「え、え？」

声を荒らげて問いかけた。

「リア・ファイルと、ちゃんと接続されてるか？」

「な……何よ、いきなり……そんなの」

当然じゃない、と続くはずの台詞は立ち消えた。虚空《こくう》を見つめたまま、ブリジッドは固まってしまっていた。

エルフの各個体は、リア・ファイルと常時接続されているはずだった。それは莫大《ばくだい》なデータ送信量を誇る冗長化されたワイヤレス回線で、生体に於ける心筋《しんきん》と同じようにバックグラウンドで稼働しており、普段は意識されることはない。

体内の脈拍に耳を澄ますイメージで、ルゥも無意識の底から回線を引き上げてチェックしてみたが、案の定、接続先は闇だった。果てしない暗黒の中に、音楽だけが響いている。

「な、に、これ……やだ……うそ……なんで?」

ブリジッドが震える声で呟く。

今やふたりは虜囚《りょしゅう》となった。永遠から切り離され、意識は一つきり、肉体の裡に閉ざされてしまった。何処にも繋がらない孤独な牢獄《ろうごく》に。そして今、赤い銀河の姿をした処刑人たちが迫りくる。レクイエムを歌う蟲の群れ。たった一度きりの、本当の終わりが。

膝が笑う。身が竦む。息が苦しい。神々はこんな圧倒的な恐怖と、絶対的な孤独と、日々戦っていたのか。計り知れないストレス。

黒く蠢く怒濤がうねりながら押し寄せ、ふたりを呑み込む――寸前、ルゥは咄嗟にブリジッドを突き飛ばした。せめて彼女だけは助けたかった。既にふたりは庭園の端まで来ている。もう少しで隣のビルに渡れるだろう。

「――逃げろッ！」

許されたのは一言だけ、魂を振り絞るように叫んだ。蟲たちが瞬く間に両脚、胴へと這い上がってくる。瞬時に頭まで覆い尽くされてしまう。

全身を這い回られ、針を打ち込まれる痛痒《つうよう》――それは一瞬だけ猛烈に襲い、不気味なほど忽《こつ》然《ぜん》と消え去った……全身の感覚ごと。何らかの毒物が注入されたらしかった。

糸の切れたマリオネットのように、蟲の群れの中に崩れ落ちていく。無数の細かい振動が、希釈された感覚を揺すり始めている。どうやら食べられているようだが、感覚が一切ないのでわかりづらい。蟲たちの殺害手段は、いっそ慈悲深いと思えるほどに洗練されていた。

霞む視界の中、ブリジッドは地面にへたり込んだまま、身じろぎもできない様子でいる。ただ見開いた目でルゥを見ている。無理もないことだ。死ぬことの意味を、今まで一度だって考えたことも、想像したこともなかっただろう。

蟲たちが彼女へも殺到していく。

彼女の無残なさまなど見たくないと思ったが、その心配は無用のようだった。早鐘《はやがね》のように鳴っていた鼓動が、最後に、大きく視界を揺すって止まり……

心拍を失った胸に、最後の慟哭《どうこく》が燃えた。

――ダメだ！　まだだ！

――諦《あきら》められるもんか！　このままじゃ死ねない！　守るって言ったのに、誓ったのに……彼女を助けたい。彼女に生きていてほしい。ずっと、生きていてほしい。ぼくの全てと引き換えでも構わない。あのとき、そう誓ったじゃないか。

……あのとき。

もがく心とは裏腹に、身体はぴくりとも動かない。迸《ほとばし》るような意識が、静かな闇に呑まれていく。脳裏には今日一日の出来事が、走馬灯というほど派手なものではない、飾り気の無いシーンが幾つも浮かんでは消えていく。奔放な少女に振り回された夏の日。永遠の最後の一日。輝かしい風景の中心に彼女を据えた、何枚ものポートレイトが……

そして、全てはゼロになる。

——虚無、ゼロ……涅槃寂静《ねはんじゃくじょう》——

——忽然と、ノイズ……阿頼耶《あらや》。阿摩羅《あまら》——

——泡沫《うたかた》、思考の再起動……清浄、虚空へと至る——

……それは見慣れた風景だった。

蒼穹《そうきゅう》、風の住《す》み処《か》。空と宙《そら》の境目。開戦の度に、出撃の度に、この青に包まれてきた。慣れ親しんだ色だ。

周囲を巡る風に身を遊ばせているうちに、次第に意識がはっきりしてくる……同時に、幾つもの疑問が浮かんでくる。自分は一体何を？　いつから此処に？　いや、そもそも……此処は何処だ？

肉体の感覚が酷く希薄だった。見渡す限り渺々《びょうびょう》たる青空で、大地は影すら見えない。自分は身一つで、寄る辺なく浮かんでいる。

——自分？　自分……そうだ、ぼくは……死んだはずだ。七十二番目のルゥ。ちっぽけで脆《ぜい》弱《じゃく》なエルフ。ぼくは……ブリジッドを守れず、無力感と後悔と毒液に塗《まみ》れたまま……惨《みじ》めに命を終えたのではなかったのか？

常軌《じょうき》を逸《いっ》した激情の名残が、胸を痛めている。

——これは一体、どういう現象なんだ？　死後の世界なのか？　天国とか？　地獄って感じはしない……

馬鹿な。エルフに死後の世界なんて、高尚なものが用意されているワケがない。

《——汝《なんじ》思う、故に、汝在り……》

吹き抜ける風が囁く。

《誰？》
ルゥは反射的に問い掛けたが、その質問は滑稽《こっけい》な気がした。自分が何者かもよくわからないのに。此処では彼我《ひが》の境界すら曖昧で、自分が自分であると認識していなければ、すぐにでもほつれて風になってしまいそうだった。
誰とも知れぬ風が、儚《はかな》く躍りながら言葉を紡ぐ。
《誰……誰だったか……もうワタシは、キミのように、物思うことも、満足にできない……壊れかけて、いる……から……》
その声は、今にも消えそうなほど淡かった。対話しているというより、独り言を聞いているような印象がある。
《意味がわからない》
ルゥがそう返せば、風はしばらく考えた。
《上手く、説明できない……このデータは、キミほど完全な形では、送信されなかったか……或いは、受信されなかった……だから……これを、返そう》
言葉が放たれた直後、ルゥの裡へと風が吹き込み始めた。幾重にも群れて重なり、一つの模様を描き出していく。
《キミが自分で見て、思い出すと、いい……》
映像にして音楽、空間にして時間、感覚にして感情、そのどれでもなく、また全てを含むもの――すなわち、記憶を。

……嵐の風のような、それでいて心休まる音が、絶え間なく続いていた。

知っている。自分はこの音を知っている。遥か太古から。これは体内を血流が巡る音だ。何度となく聞いた。死と生の狭間《はざま》で。

そこにふと、水泡の弾ける音が混じり始める。

知っている。生まれたときから……いや、生まれる前から。これは誕生の予兆。データの送受信が済み、覚醒を認識したリア・ファイル・システムが、素体の排出を開始したのだ。

身を包む人工羊水《ようすい》が激しく流動し、続いて柔らかく弾むような衝撃があった。羊水と一緒に培養槽《ケモスタット》から排出される。

全裸のまま、立ち上がって周囲を見渡した。

高い壁で外界と隔《へだ》てられ、白い砂が敷き詰められた大地には、真銀《ミスリル》製の光り輝く大樹が、等間隔で立ち並んでいる。頭上に広く張り出した大樹の枝には、オレンジ色の巨大な果実が何百とぶら下がっている。あの実が培養槽《ケモスタット》で、中の素体が目覚めると落ちる仕組みになっている。実は弾力のある外皮と羊水で衝撃から守られる。

ルゥ38は何度か深呼吸をし、新品の肺に新鮮な空気を送り込んだ。肺胞《はいほう》が膨らむパリパリという感触。

此処は『辺獄《リンバス》』、全てのエルフの素体が眠る場所。島の中央、霊峰《れいほう》エリシウムの山頂付近に位置し、環境保全フィルムに近いため、空気は極めて清浄だ。陽光が目にじんわりと染みる。おろしたての肉体が、外部からの刺激に馴染んでいく。

記憶はちゃんと転送されているようだった。今日は戦争があり、始まって早々に撃墜された。いつもそうだ。いちばん最初にやられる。自分が出てきたもの以外にも、萎《しな》びた実の残骸が幾つか見受けられた。

木々の間に渡された敷石を歩き、唯一の出口である門と一体化した建造物へと向かう。石造りの建築様式はハイブラゼル最初期のものだ。無機質な廊下を歩き、簡素なシャワー室で羊水を洗い流した後、割り当てられたロッカーから荷物を取り出した。カーゴパンツにTシャツという、飾り気も拘りもない服を着て外に出る。

『辺獄《リンバス》』の門前はロータリーになっている。まるで交通機関の駅のように……いや、此処は確かに駅なのだ。前世からの特急便、その終着駅。

……と、短く数度、クラクションが聞こえた。停車している数台のオートモービルの中に、見覚えのあるクラシックタイプの一台があった。

「――ルゥ、こっちこっち！」

運転席の窓から身を乗り出すようにして、娘がひとり、大きく手を振っていた。白い綿のワンピースと長い金の髪が、夏の日差しを照り返してハレーションを起こしている。

呼ばれるままに歩み寄り、助手席に乗り込んだ。

「来たんだ」

「そりゃあ、愛しいダンナ様のおかえりだもの！」

娘は快活な笑顔を見せると、パワーウィンドウを閉じ、細腕ながらワイルドな所作でギアを入れ、ハンドルを切ってオートモービルを発進させた。グラズヘル製の無骨なモービルを、彼女は好んだ。

「お腹空いてるでしょ？　帰ったらランチにしましょう」

「メニューは？」

「アップルジャムと、チキンのレバーパテ！」

ルゥは顔をしかめる。

「またレバーか……」

「好き嫌いしないの。再生してすぐは、精の付くもの食べないと」

カーステレオから流れるラジオのニュースが、ハイブラゼル空軍の敗戦を伝えていた。

「やっぱり負けた」

ルゥが肩を落とせば、娘はかっかと笑った。

「歴史的惨敗、だそうよ。毎回そんなこと言ってる」

「悪いね、肩身の狭い思いさせて」

「ちっとも気にしないわ」

湿っぽい気遣いを感じさせない、あっけらかんとした調子だった。そう、彼女は大抵《たいてい》のことを気にしない。あれこれ思い悩んだりもしない。そんな豪放磊落《ごうほうらいらく》な性格は運転にも表れていて、オートモービルは尋常《じんじょう》ならざるスピードで山道を下っていく。それでいて、ハンドリングには安定感があった。

彼女は元パイロットで、運転技術は折り紙つきだ。軍にいた頃はエースだった。神々の遺産、銀翼のアンバールを受け継いだ者。常勝無敗の天才。それがいきなり家庭に入ると言って退役したのだから、惜しむ声は少なくなかった。

「……本当に、ぼくでよかったの？」

バウンドする車体に舌を噛みそうになりながら、ルゥはポツリと口にした。

「え、なにが？」

「伴侶《はんりょ》だよ。もっと強いヤツの方がよかったんじゃない？　ヴァラーとかさ」

ヴァラー97は、島一番の腕前と謳われる戦闘機乗りだ。エルフにしては稀有《けう》な好戦性を有し、負け続きのハイブラゼル軍の中にあって、他国からも一目置かれている。

「あれ？　あなた知らなかったっけ。あいつと私、素体の遺伝子が近いのよ。結婚は『教義』に反するわ」

「ああ、そうだったのか……」

言われてみると、ちょっと似てるところはあるかもしれない。頑固なところとか。

「ま、そうじゃなくても、あれはナシね。酒飲み相手としちゃ悪くないけど、一緒に居ると疲れちゃうもん」

「にしたって、他にも選択肢はあっただろう？　ぼくが相手じゃなければ、きみは陰口を叩かれなくて済んだはずだ」

弱兵の妻、宝の持ち腐《ぐさ》れ、不釣り合い……彼女がいい妻であればあるほど、そういう声は大きくなった。

軽快に飛ばしていたオートモービルが、ふいに速度を緩めた。運転席に座る娘のテンションに比例するように。

「ルゥ、卑屈なこと言わないで」

「ただの事実だけど」

娘は深い溜息をついた。

「そうなのよね……あなたの場合、愚痴だとか、慰《なぐさ》めて欲しいからとかじゃなくて、本心から言ってるのよ」

何故彼女が悲しげにしているのか、ルゥは咄嗟に理解できない。

「えっと……どういう意味？」

「あのね。私は安定した生活とか、誰かに自慢できるからとか、そんな理由であなたを選んだわけじゃないの」

「どうしてだか、みんな不思議がってるよ」

娘はルゥへと縋《すが》るような眼差しを向け、一言一句、刻み込むように口にした。

「愛してるからよ、ルゥ。それ以外にある？」

ルゥは、どう返答すべきか少し考えてから、

「……前を見て運転してくれ。アナログ車なんだから、危ないだろ」

娘は顔をしかめると、ハンドルを握り潰しそうなほどの力を両手に込めつつ、獰猛《どうもう》な前傾姿勢で前を向いた。

「このまま崖に突撃したい気分！」

ルゥは小さくひそめて息を吐《つ》いた。

――ぼくも愛しているよ。

そう返すべきだったのだろう。『教義』からすればそれが妥当だ。普段なら深く考えず、反射的にそう答えていたはずだ。しかし今、ルゥは悩んでいた。返答に詰まったのにはそれなりに理由がある。

今朝《けさ》、大教主に呼び出された。戦勝祈願の礼拝《サーヴィス》が終わった直後。執務室を訪れたルゥを迎えたマクリール4は、険しい表情でこう言った――『お前の妻に、重度の感情汚染の傾向が見

られる』と。

——彼女が異端？　感情キャリアー？　そんな馬鹿な。

驚愕する一方で、否定しきれないとも思った。確かに、彼女を異質だと感じたことがあった。どこが？　わからない。それが理解できるのは、恐らく同じ異質を抱えた者だけだ。愛している、と彼女はよく言うが、その愛はルゥが挨拶代わりに口にするものとは、根本的に違う気がしていた。

島民の汚染が確認された場合、大聖堂で教団幹部による異端審問が開かれる。異端認定されてしまえば、彼女は感情矯正《きょうせい》プログラムを受けることになる。自分は夫としてどうするべきか。どうするのが『教義』に合っているのか……

ルゥが悶々《もんもん》と悩んでいるうちに、オートモービルは山麓《さんろく》へと近付いていた。助手席の窓からは木々の梢《こずえ》が開け、緑萌《も》える町並みと青い海が、何処までも見渡せた。

「——ねえ、何か聞こえない？」

娘がそう言ったので、ルゥは顔を向けた。

「うん？」

「歌、かな？　賛美歌みたいな……」

注意してみれば、確かに聞こえる。幽かな音色が。

「……ラジオのバックミュージックじゃない？」

カーステレオは相変わらずニュースを流し続けている。窓を閉じて走るオートモービルの車内に、外界から繊細《せんさい》な音が入ってくるとは考えにくい……だが、そうは言いつつも違う気がした。鼓膜の内側で鳴っているような、それでいて、遠くから響いてくるような……

周囲を見渡すうち、ふとフロントガラスの向こうに目を向けたルゥは、眉間に皺を寄せて呟いた。

「……なんだあれ？」

オートモービルの向かう先、坂道の途中で夏の日が濃く翳《かげ》っている。星々の隙間によどむ暗黒星雲のような黒いもやが渦を巻いていた。

「わかんない……事故でも起きたのかな？　ていうか、通れないじゃないの」

娘はブレーキを踏んだ。

ふたりで外に出て遠巻きに眺めてみれば、どうやら何かの生物の群れらしいとわかった。車道をびっしりと覆っている。

「……やだ、なにあれキモッ！」

娘が自分の身を抱いて悲鳴を上げたとき、

「――不敬なことを言うな、デヒテラ」

しわがれた声が返り、舞台の幕が開くように、蟲の波が左右に分かれた。その奥から現れた、法服姿の老いさらばえた姿を見て、ルゥは呆然と呟く。

「マクリール……」

痩せ細った老エルフは、四脚の自走式延命装置に繋がれていた。直立した介護用のベッド、或いは棺桶か。無数のチューブに繋がれ、機械と一体化したようなその様は、ルゥの記憶の中のアナの姿と似て非なるものだった。何故だろうか？　おぞましさが際立っていた。険しい視線は、じっと娘に向けられている。

「これらはディスミッサー。衰退していく神々のうち、我々デミ・ヒューマンを危険視した一派が造り上げた自律兵器だ。つまり、彼らは天使なのだよ、敬いなさい」

「……大教主さま……あの、それは？」

娘が当惑の面持ちで尋ねる。

「お前は異端者と認定された」

返る答えに娘は息を呑み、胸をきゅっと押さえた。

「異端……私が？　そんな」

「このまま街に帰すわけにはいかん。お前には今ここで、ディスミッサーの洗礼を受けてもらう」

ルゥは慌てて声を上げた。

「洗礼ってなんだ？　矯正プログラムじゃないのか？」

マクリールの冷たい一瞥が返る。

「お前には関係ない」

「デヒテラはぼくの妻だ。関係ないわけあるか」

ルゥがそう言ったときの、娘の嬉《うれ》しそうな顔といったらなかった。ほとんど泣きそうなほどの、歓喜の表情だった。対照的にマクリールは、汚物でも目にしたかのような嫌悪感《けんおかん》をにじませた。

「それはもういい、ルゥ」

「……なに？」

「お前は模範的なエルフだ。常に神々への崇敬を忘れず、『教義』に外れぬように生きてきた。今もよき夫を演じようとしている。まあ当然か……ほんのひと時とはいえ女神《アナ》と交信した、ハイ・エルフのひとりなのだからな」

マクリールは両腕を広げ、周囲に飛び交う黒い兵器群を示した。

「だが今、私と彼らは神権代行者として此処に来た。我々に対して夫婦愛も、正義感も、演じる必要はない。ただ受け入れろ」

紡がれる言葉はスキナーナイフのように、ルゥの心の表皮を削《そ》ぎ落としていく。

——演じなくていい？　そうなのか。

異端の存在は許されない。それはデミ・ヒューマンなら誰もが、骨の髄《ずい》まで理解していることだ。この社会は、感情という個性を受け入れられるようにはできていない。

スイッチを切ったら電気が消えた。そんな当然のことのように、ルゥの心から妻を想う気持ちが消えた。いや、違う……元からそんなものはなかったのだ。瑞々しいオレンジの果実に見えても、皮ばかりで中身はなかったのだ。剝いてしまえば中身は空洞だった。

まったく動かなくなってしまったルゥを、娘は悲しげに見つめた。それから、自らの瞳に光ったものを覆い隠すように目を閉じた。そして、再び開いてマクリールを見たとき、そこには強い意志があった。

「……私は、どうなるんですか？」

マクリールは枯れ枝のような腕を持ち上げた。

「彼らの歌は我々の接続能力を阻害《そがい》する。お前の名前と記憶は消滅する。残念に思うよ。お前は優秀な戦闘機乗りだったが……私が何より恨《うら》めしいのは、我らがハイブラゼルから異端が生まれたことだ」

一斉にディスミッサーたちが蠢き始めた。大きく渦を巻き、娘へと群がっていく。歌声が圧力を増す。

ルゥはただ見ていた。

妻の姿が黒い渦に覆い隠されていくのを、無表情のままで見ていた。

……彼女が見返してくる。その瞳の奥に、必死な光が揺れているのを見て——ああ、彼女は本当に異端者だったんだ、と思った。あれは確かに感情だ。あれは……もしかして、恐怖なのだろうか？

神々は死を恐れたという。その気持ちは、ルゥには到底理解できない。自分たちは部品だ。ハイブラゼルという巨大な生命体の細胞の一つだ。エルフの死とは、いわばその生命体の代謝活動に過ぎない……

「――ルゥ……」

蠢く闇の向こうから、か細い声がした。

鳴り止まぬレクイエムの中で、彼女は何かを言おうとして、やめて……そんなしばらくの間があってから、

「あの、ね、ルゥ……幸せでいて」

一言一言、なんとか伝えようとして。

「ずっと……幸せでいて……どうか、しアわせッ……」

……押し潰されるように、不意に声が途切れた。生肉をミキサーに掛けているような、生理的嫌悪感を催す音が鳴り始め、激しく蠢く蟲たちの動きが緩慢になっていく。

やがて彼女が居た場所に固まっていた一群が散り散りになると、後にはさみしいほどに小さな血だまりが残るのみだった。

ルゥは棒立ちのまま、一部始終を見つめていた。やはり、心は凪《な》いだ海のようで……

――……いや。

からっぽの胸の奥に、幽かな疼《うず》きを覚えた。理由のわからない揺らぎ。空虚そのものが、何かに共振しているかのような……以前、何処かで感じた気がした。似たような衝動を。しかし、巡りはじめた思考がその根底に至るより早く、終わりはやってこようとしていた。ディスミッサーたちが、今度はルゥへと向かってきていたのだ。

「……殺すのか？　ぼくも。死ぬのか」

ルゥはぼんやりと口にした。

「殺すなどと、軽々しく口にするな。我々は生きてなどいない。アナのようには」

冷厳な声が返る。

「やはり、感情に毒されているようだな……ロールバックには手間が掛かるが、止むを得まい。お前は再起動させる」

巻き戻《ロールバック》し？　記憶の巻き戻《ロールバック》し……

「そんなことが、可能なのか」

マクリールは頓着《とんちゃく》なく答える。

「リア・ファイル・システムに元から備わった機能だ。不要な記憶を判断し、次の素体《スタンバイ》に転送しないようにする」

「そんなことが、できるのか……お前が望むままに？　今までも、そうして……」

「私に望みなどない。全ては神々の御心のまま」

——違うだろう？　違う……それはきっと、お前の……

「さあルゥ、忘れるのだ。全てを。そして……想い出せ。アナへの尽きせぬ信仰を」

ひとつだけ理解した。彼女は消え去るのだ。居なかったことになるのだ。誰も彼女を憶えていない。誰も彼女を想い出さない。これから自分は何もかも忘れたまま、あのコンドミニアムで暮らすのだろう。ひとり暮らしには広すぎる部屋で、永遠に。

——幸せでいて。

彼女の最期《さいご》の言葉が、胸の空洞に木霊した。

強い衝撃が身体を襲った。蟲たちに群がられながら、彼女を忘れたくないと思った。彼女の言葉とあの瞳を、忘れたくない。忘れたくない。忘れたくない……でも、もしも彼女を忘れなければならないのなら、それ以外の全てを憶えておこう。彼女を包んでいた空気を、彼女が好きだったものを、彼女だけがぽっかりと抜けた風景のように、憶えておこう。

「忘れろ……お前の罪を」

遠く眼下に、林檎の木々が風に揺れる、美しい町が見えた。輝かしい夏の風景。そう、夏だった。失われゆく夏だった。一度きりの。

歌が聞こえる。

……記憶ファイルの閲覧を終え、ルゥ72は目を開いた。まぶたなんか既にないのに、まだ肉体のイメージは残っている。

空の中枢で、周囲を巡る風へと思念を向けた。

――きみは……三十八番目のぼくだったのか。

問いかけというよりは確認だった。

《……ワタシは、その記録ファイルに付随した、データの破片にすぎない……自分が何者なのかも、ナゼこうしているのかも、既に失われた……一つだけ確かだったのは、ワタシは決して許されないというコトだけ……》

今やあらゆることが理解できた。ノイズにまみれた彼の想いも。自分が何者であるのかも。此処が何処であるのかも。

ディスミッサーによる粛清《しゅくせい》を受ける間際、強い衝動に襲われたふたりのルゥは、ひたすら探したのだ。データの転送先を。ディスミッサーの歌声に遮断《しゃだん》された回線以外の道を。そして見つけた。それはリア・ファイル・システムを基にしていながら、完全に独立したサブ回線――超管制機構《パラ・アビオニクス・システム》。

この果てしなく青い風景は、実際は自分の内側にあったのだと理解できた。何度も何度も飛んだ空の青さが、テンポラリ・ファイルに焼き付いている。それはかつて神々が原風景と呼んだものに近いのかもしれない。

――きみの後悔は、ぼくが引き受ける。

この虚《むな》しい空の回廊で抱き続けた後悔は、自分のものでもあるのだ。

《たのむ……これで、これでやっと……》

消えてゆく気配。

過去の自分との最後の対話が済んだとき、儚い風と空とを全て己の裡へと畳み込んで……

『彼』は、覚醒した。


光学機器を起動させ、周囲の状況を瞬時に把握《はあく》する。シャッターの閉め切られたハンガー内は暗闇に包まれているが、問題はない。夜間戦闘用のナイトビジョンは、大気中に漂う塵すら捉えるほど鋭敏だ。次々に起動していくシステム群に応じて、自分の全身に付属した電子機器が淡い光を放ち始める。

真銀《ミスリル》と木材で構成されたこの身にもう肉の心臓はない。脈打つ血潮は、静かに流れる不凍液に変わった。だが惜しいとも思わない。自分を愛してくれた娘を失いそうなとき、奮わなかった心臓など要らない。代わりに手に入れた内燃機関に火を入れる。血潮より熱い轟きが熾《おこ》りはじめる。

一瞬前まで、七十二番目のルゥだった存在――アンバールは、翼下のハード・ポイントで眠るミサイルにシグナルを送って叩き起こした。有事外に行われんとする戦闘行動に、警告音の嵐が巻き起こる。

過去の自分との交流……データの転送と上書きは一瞬で行われた。ルゥ72が死んでから、現実時間では一秒と経《た》っていない。まだ間に合うかもしれない。いや、間に合わせねばならない。だから、

――邪魔をするな！

膨大なエラーコードを、上位権限でねじ伏せて射出する――推進剤が地上に雲を引く――刹《せつ》那《な》、閃光。

強烈な衝撃が、アンバール自身の叫びのように迸った。巻き起こる爆風と煙と破片を切り裂いて、ぽっかりと開いた穴から飛び出す。愛すべき者を最期に抱きしめることさえしなかった、怠惰《たいだ》すぎた両腕の代わりに、銀の翼が風を抱く。

アナが亡《な》くなったときは、何もわからなかった。そして、デヒテラを失ったときは、何もしようとしなかった。

もう自分はエルフではない。それどころか、生き物ですらない。ただのＡＩ。壊れかけた戦闘機《アンバール》だ。こんなざまになって、こんな姿になって、ようやくわかった。自分はずっと戦わなければならなかったんだと。

――ごめんよ。本当にごめん。

後悔を最適化し、悲嘆を信号変換し、絶望を更新して……ひとつの解を得る。
ブリジッド。あの子を守らなければならない。どんなことをしても、どうなったとしても、
今度こそ。

4　短気な戦闘機

エンジン内に、激しい熱が巻き起こっていた。己さえ焼き尽くそうとするかのような。アンバールは離陸後一秒と経たずにトップスピードに達し、港湾地区からアッパータウンまでの距離を一瞬で埋めた。生身の操縦者であれば不可能な、異常な加速。

ディスミッサーの戦闘性能は未知数だった。しかし、こっちは生粋の戦闘機だ。戦えないことはないだろう。問題なのはむしろ火力が高すぎる点にある。バルカンの弾丸がかすっただけでも、ブリジッドはバラバラに引き裂かれてしまう——どう戦えばいい？　彼女を傷つけない為には。

最適解が出ないまま、コンドミニアムの上空に到達した。眼下にはびっしりと黒い影に侵食された、悪夢のような街角が広がっている。

——かしゃり。

高速演算能力に裏打ちされたセンサー群が、夏の夜の一瞬を切り取った。ＣＰＵが激しい熱を放出し始めるのと引き換えに、アンバールの思考は時間の流れから解脱《げだつ》する。

遥か後方で噴煙を上げる基地《ベース》には、目立った動きはない。警邏《けいら》ドローンたちも、まだ動き出してはいない。今、警戒すべきはマクリール9だけだ。彼が事態に気付くより早く、全てを終わらせなければならない。そして……

——ああ、ブリジッド！

ディスミッサーの群れに囲まれた小さな姿を見つけたとき、アンバールはデータパス内に激しいノイズが生まれるのを感じた。感情……機体が破裂しそうなほどの激情だった。カテゴライズなどできない。とても処理しきれそうにない。これほど不条理な、どうしようもないものが、世の中にあるとは。

——助ける。必ず。

しかしそれは、かなりの難題ではあった。ディスミッサーの大波濤は、屋上庭園の隅にへたり込んだままのブリジッドのすぐ傍まで迫っている。ほんの数秒後、避けようもなく、彼女は死ぬだろう。この状況を打破しうる兵装は、アンバールには積載されていない。では、どうする？　何かこの場に、利用できるものはないか……

——ある。

蓋然性の隘路《あいろ》に幾度となく試算を繰り出し、幾万通りの閉ざされた結末の果てに、ようやく一縷《いちる》の光明を得たとき、アンバールは超高速演算を解除した。

切り取られた一瞬から現実時間へ帰還すると、すぐさまパラ・アビオニクス回線を開放し、叩き付けるように信号を送った——起きろ、ねぼすけ、役立たず。

ディスミッサー群の揺蕩《たゆた》う表面が小さくうねった。間髪入れずにうねりの起点、僅かな隆起目掛けてミサイルを射出する。直撃はさせない軌道で。

衝撃が大気を焦がし、ディスミッサーたちの一部が吹き飛んだ。全体からすれば微々たる量だが、これでいい。

そうしてからアンバールは機首を九〇度上げ、星空へと向かって駆け上がりながら、超過速度を高度へと変換し減殺してゆく。

後方、コンドミニアムの屋上では、噴き上がる炎と黒煙の中から猛然と飛び出した影が、倒れ込むようにブリジッドへ覆い被さった。アンバールの信号によって叩き起こされ、ミサイルによって解き放たれた存在……

「ブリ……ジッ、ド……！」

いびつな輪郭のシルエットが、しゃがれた声を上げた。それはほんの数分前までルゥと呼ばれていた物体。膨れあがった血塗れの残骸だ。

「あ……あ、あ……ルゥ！　ひどい、こんなのっ……！」

ブリジッドが息を呑んでいる。アンバールは遥か上空で鮮やかな宙返りを決めながら、ルゥの鼓膜を通してその声を聞いた。

見開かれた瞳に、涙がじわりと盛り上がっていく。霞む視界を通してその表情を見たとき、アンバールの裡に再び、激しいノイズが起こった――泣かないで、ブリジッド……きみが泣くと悲しい。とても悲しい……

もつれる舌を動かして、どうにか言葉を紡ぐ。

「……大丈夫だよ……もう、だいじょうぶ……」

ブリジッドの瞳から涙がこぼれていく。安心させたかったのに、あまり効果はないようだった。言語とはなんと不如意《ふにょい》なツールなのだろうか。伝えたいことの全てを、CPUが焼け付きそうなほどの想いを、圧縮ファイルにして送信できれば、どれほどよかっただろう？

神々は二つの理由から、デミ・ヒューマンに言語以外の個体間通信機能を与えなかった。一つは恐怖。ディスミッサーが開発された理由と同じ、有能すぎる種族への警戒から。もう一つは愛情。被造物として、彼らから遠すぎる存在になってしまわない為に。

言葉を尽くしている時間はない。

アンバールは機首を真下に向け、重力に身を委ねて自由落下していきながら、激しいパルスの咆哮を上げた――彼女を傷付けるな！

紫紺の夜空を映す銀翼の下から、四発のミサイルが撃ち放たれた。一秒にも満たない刹那の中、電子制御のミサイルたちは偏向板を微細に蠢かせ、アンバールが思い描いたとおりの軌道を描いて地上へと突き刺さる。一発は庭園の中心、二発はブリジッドの左右に、最後の一発はブリジッドの後ろ、都市の谷間のような路地に。

——どどん、どん。

地を揺する轟音、天を燻《いぶ》す黒煙。

アンバールの内心を体現したかのような爆裂がディスミッサーたちを薙《な》ぎ払い、吹き飛ばしていく。その爆風はコンドミニアムの屋上を瓦礫《がれき》へと変えながら、やがてブリジッドにまで及ぶかと思われたが、ルゥの残骸が彼女を庇っていた。

破壊の波が通り過ぎていく。

……一拍あって、アンバールはルゥを立ち上がらせた。生命活動をオーバーロードさせて動かすのも限界らしく、その動作はひどくぎこちないが、両腕はしっかりとブリジッドを抱え上げていた。

「う、うぅ……なんなの⁉　ルゥ、平気？」

身を竦ませていたブリジッドが、恐る恐る目を開き、怯えきった顔で見上げてくる。

「……へい、き、だ」

もう舌が満足に動かない。糸が数箇所切れたマリオネットのような挙動で、ルゥの肉体は歩いていく。

爆撃で荒れ果てた屋上庭園は、再びディスミッサーたちの悪夢じみた影に覆われ始めていた。

彼らはこのハイブラゼルという、巨大で冷酷なシステムそのものだ。残る半数のミサイルを全弾撃ち尽くしたとしても、消し去ることはできないだろう。

ルゥが庭園の隅まで辿り着いたときには、黒い巨濤は背後まで迫っていた。

「下ろして、あたし、自分で歩ける！　歩けるから！」

泣きながら言うブリジッドを、

「……どう、か」

死にかけた全身の筋肉を、限界以上に振り絞り、

「しあワせで……イて……ずット」

手すりの向こうへと投げ落とす。

「え……？」

ブリジッドは驚きの表情を浮かべたまま落下した。涙の粒がビル風に巻き上げられ、煌めきながら散っていく。

アンバールはルゥとの同調接続を切ると、迂回するように路地へと進入した。ディスミッサーは周辺区画にまでびっしりと蔓延《はびこ》り、巻き起こる突風を受けてざわついている。屋上を通り過ぎる一瞬、倒れ伏したルゥの身体が赤黒い波に呑まれていくのが見えた。あんな肉体、少しも惜しくはない。

それよりも、ブリジッドが落ちていく。金色の流星のようになりながら、神々の悪意から生

まれ出て、今やエルフ的排他主義の体現者となった、赤くさんざめく暗黒銀河に向かって。その小さな姿をロックオンし、アンバールは銀の矢となる。

ディスミッサーたちが応じるように、一斉に翅《はね》を広げた——飛ぶつもりか？　一次記憶装置の片隅に焼き付いた映像データが、疼痛《とうつう》を伴って呼び覚まされる。失われた夏の情景、機械虫に貪《むさぼ》られていく妻、ルゥ38の後悔……

——間に合ってくれ。

アンバールは祈った。機械が奇跡を祈るというのは滑稽で、どこか背徳的な行為のような気がしたが、そうせずにはいられなかった。

——神様。どうかぼくに速度をください。エンジンに荒れ狂う炎を、主翼に境界層の加護をお与えください。この薄情な電算回路に、あなたがたの知る真実の愛の、ひとかけらでもお与えください。

ディスミッサーたちが濛々《もうもう》と舞い上がった。瘴気《しょうき》の色に夜を染め、今にもブリジッドを包み込もうとしている。その寸前、アンバールはコックピットを全開にしながら、堕ちてくる星の真下へと滑り込んだ。両翼付け根のベクタード・ノズルを操り、ミリ単位の制動を行う——バケット・シートに軽い振動があった瞬間、キャノピーを閉じた。この世の全ての害悪から、大切なものを庇うように。

——ばくん。

無数のディスミッサーが機体に取り付くのも構わず、バイオログ・チェッカーを起動した。脈拍——正常。呼吸——正常。体温——正常……シートにぐったりと座るブリジッドの状態を、食い入るように確認していく。ブリジッドは正規のパイロットではない為、表面的なデータしか確認できないのがもどかしい。もしディスミッサーの毒針が少しでも掠めていたら、彼女は二度と目を覚まさないだろう。

「……げほっ！　う、ぐ……！」

と、コックピット内カメラに捉えられた小さな姿が、咳《せき》に震えて身を起こした——ああ、神よ！　感謝致します！

テキストにしてギガバイトにも達する謝辞を生起させつつ、アンバールは躍り上がるように飛翔した。ディスミッサーで埋め尽くされた空間から飛び出すが、機体にはかなりの数が群がっている。黒い炎に巻かれているようにも、硫化《りゅうか》の錆《さび》に覆われているようにも見える。

躊躇《ちゅうちょ》なくミサイルを射出すると、間髪入れずに起爆した。

至近距離で炸裂する衝撃。噴き出す炎が機械虫たちを洗い落としていく。爆風を突き抜けたときには、銀の機体には一点の曇りもなかった。炎のシャワーだ。

「……ハロー、ぶりじっど?」

コックピットで身を竦めているブリジッドに、つたない電子音声で話しかけた。

同時に再帰性投影モニターを起動すれば、コックピットは星の海に浸《ひた》された。頭上に紫紺の夜空を頂き、足元にはハイブラゼルの夜景を敷く。双方からの微光が少女を照らし上げていた。髪も服も煤《すす》けているが、どんな天使よりも美しく思える。

「え、誰……？」

ブリジッドは理解の追いついていない様子で、ぼんやりと視線を泳がせた。

「あんばーるデス」

「アンバール……あ、ああ……これ、ルゥの飛行機……」

「ドコカ痛ミマセンカ？」

「……うん、大丈夫……だと、思う……」

「とりあエズ、しーとべるとヲ着用シテ下サイ」

「え……？　えっと、なに」

「はやク」

言われるままにブリジッドがシートベルトを締めた直後、その身体は背もたれに押し付けられ、周囲に映る光点は流星と化した。アンバールが加速したのだ。

コンドミニアムの上空では、入道雲のように峙《そばだ》つディスミッサーの大群が追ってくるような動きを見せているが、アンバールに追いつけるほどの運動性能はないようだ。風景と一緒にみるみる遠ざかっていく。

「うつぐ……ちょ、ちょ、ちょっと待って……止まってえええーっ！」

そのまま海まで出たとき、ブリジッドが苦しげに叫んだ。Gがきついのか？　一応加減はしていたつもりだが。生身の感覚がわからない。

「苦シイデスカ？」

やや速度を落としながら問い返せば、ブリジッドは必死の形相で言った。

「どこに行くのよ、引き返して！」

「ナゼ？」

「ルゥを助けに行くの！」

彼女が事態を把握できていないのも無理はない。ルゥの身に起きたことや、ディスミッサーがどんな存在なのか。しかし、だからといって引き返すというのは不可解な提案だった。死ぬことが怖くないのだろうか？

「必要アリマセン」

ブリジッドは目を剝いた。

「何言ってるのよ！　見殺しにしようっていうの？　そんなのダメ！」

「今、詳シク説明シマスノデ……」

「ああぁっ！　もう、いいわよ！　自分で操縦するから！」

ブリジッドはコックピットの周辺をあさり、右手脇の操縦桿《そうじゅうかん》を探り当てると、両手でガチャガチャと動かし始めた。マニュアルモードにしていないので、信号は来ない。

「このつ、なんで……言うことを聞きなさい！　ルゥを助けに戻って！　戻りなさいっ！」

怒鳴つた拍子に、吊り上がった両目からぽろりと涙が零《こぼ》れた。慌てたように俯き、両手で目元をこすっている。とても子どもっぽい仕草だった。

「……ぶりじっど？」

「お願いよ、お願い……ルゥとサヨナラしたくないの……戻って」

細い肩が震えているのを見た瞬間、アンバールは再び激しいノイズに襲われた。

「ナ、カ……ないで……ブリジッド、泣かないで」

それまで無味乾燥としていた機械音声が、いきなり馥郁《ふくいく》たる情感を帯びた。ブリジッドを悲しませたくないという強烈な想いがアンバールの自己進化を促し、一瞬のうちに音声ソフトをアップグレードさせた。

「……え？」

ブリジッドが驚きの表情で顔を上げた。聞き覚えのある声だったからだ。

「ぼくなら此処にいる」

「……ルゥ？　ルゥ！　生きてたの！　あたし、死んじゃったかと……！」

「泣かないで、ブリジッド。もう大丈夫だから」

語りかけながら、アンバールはハイブラゼルを覆う環境保全フィルムを突き抜けていく。

遠くなる。アナの愛した都市が。

……だが、もっとだ。もっともっと遠くへ、逃げなければならない。神々の愛に背を向けて、教団の威光が届かない彼方まで。異端の少女が平穏に暮らせる沃野《よくや》まで。いったいこの星の何処に、そんな土地があるだろうか？　向かう先には暗黒の海が広がっている。

だがアンバールは絶望しない。ルゥのようには、恐れもしない。

――ブリジッド、きみはぼくを救ってくれた。あの空虚な楽園、満ち足りた牢獄から。永遠に続くごっこ遊びから。きみにそんなつもりはなかったかもしれないけど……だから今度は、ぼくがきみの手を引いていく。

きみが笑っていられる場所まで。

アンバールによるブリジッドの救出は、鮮やかな手並みで実行された。ルゥ72の生命活動が停止してから五分と経たないうちに、少女を乗せた叛逆《はんぎゃく》の戦闘機はハイブラゼルのレーダー網を潜り抜け、遥か遠くへ飛び去っていた。

マクリールの対応が遅れたのも無理はない。ディスミッサーには情報をフィードバックする機能がない為、現地に居なければ細かい状況がわからないのだ。ひとえに環境調整の作業が立て込んでいたのが災いした。

「……何故もっと早く報告しなかった？」

冷たく整った大聖堂の執務室で、マクリールの叱責を受けているのは、デスク上の虚空に浮かぶヌァザの通信映像だった。背後には木目の味わいを内装に活《い》かした、落ち着いた雰囲気の部屋が広がっている。アッパータウンにある彼の自宅の寝室だ。

「不測の事態だ、仕方なかろう。私が居れば連絡させたが……ァふ」

欠伸混じりで、悪びれる様子もない。

「肝心なときに寝ているとは、役立たずにも程があるぞ」

「子どもは寝る時間だったんでね」

ヌァザは第一世代、造物主たる神々の手によってジーン・コードを書き込まれた、やんごとなきハイ・エルフのひとりだ。大教主であろうと、強く当たるわけにはいかない。飄々とした彼の性分も、敬愛するアナの遺物なのだから。

マクリールは溜息を一つ。

「……まあいい。アンバールの行き先は?」

「わからんよ。既に我が軍の観測領域を離れてしまった」

「すぐに探し出せ」

鋭い叱咤を受けて、ヌァザは一つ息をついた。

「放《ほ》っといたらいい」

「なんだと?」

「ルゥ72の廃棄ができたなら、それで十分だろう？　ブリジッドはハイ・エルフじゃない。幾らでも替えは利くはずだ」

刺々しさを増す気配を受け流しながら、飄々と言葉を続ける。

「……それはどういう意味だ」

幾重もの皺の奥に落ち窪《くぼ》んだマクリールの双眸は、ホログラフの光を照り返し、暗い炎が燃えているかのようだった。いざとなれば何もかも……たとえヌァザといえど焼き尽くすだろうと思わせる光。

「つまりお前は、ハイブラゼルで生まれた異端を看過しろと言いたいのか？　この私に、信仰に背を向けろと言いたいのか？」

「……軍を動かすのなら、名分が必要になるぞ。異端者は存在しない。存在しないものを追うには理由が要る」

「それは教団で用意する。必要なら法改正もさせよう」

「ヒステリックなことだな」

「文句があるか？」

ヌァザはやれやれと肩を竦めた。

「大教主殿に逆らう気はないがね」

「私の意志などない。神々の御遺志に従うのだ」

「わかった、わかった……だが今日はもう休ませてくれ。幼体を夜遅くまで働かせるのは『教義』に反するぞ」

マクリールは再び、苛立ちを排気するように深く息を吐いた。肘掛けの上に左腕を立てて頬《ほお》杖《づえ》を突き、気だるげに姿勢を崩す。そうすると老いた肉体からは、激務による疲労の気配が濃密に溢れた。

「……もう一つ、訊いておかねばならんことがある」

「なんだね」

「アンバールだ。あれはどうして動いた?」

質問の意図をはかりかねた様子で、ヌァザは首を傾げた。

「そりゃあ、ルゥが動かしたんだろう」

「リア・ファイルのデータによれば、アンバールが飛び立ったとき、ルゥは既に事切れていた。オートパイロットの起動が間に合ったとしても、ただのAIがディスミッサーを出し抜けたとは思えん」

ふと、ヌァザの瞳がすこぶる真剣な光を帯びた。一瞬だけ表出した歴戦の老将に相応しい表情はすぐに消え、元の眠たげな様子に戻ってしまう。

「ふむ……それで?　何が疑問なんだね」

「とぼけるな。お前の見解が聞きたい。パラ・アビオニクスによるデータリンクは、どの程度正確に思考や自我を伝達できるのかをな……」

パラ・アビオニクスは軍事機密であり、詳細なデータに関しては教団も把握してはいない。その意識通信には、リア・ファイル・システムに近しい技術が用いられているという……

マクリールは淡々と言葉を続ける。

「もし私の想像が正しければ、ルゥ72の廃棄もまだ完了していないということになる」


そして、永遠の次の日が明けた。

アンバールは一晩中懸命に飛び続け、生存圏の外、辺境地帯の奥深くまで到達していた。その環境の厳しさから『神々に愛されなかった土地』と呼ばれ、デミ・ヒューマンたちは近付こうとしないので、身を隠すには最適といえる。

外部投影を切ったコックピット内、計器類の光が冷たく瞬く中、ブリジッドはパイロットシートで小さな寝息を立てている。疲れて眠りについた寝姿はあどけなく、痛々しいほどに華奢《きゃしゃ》だった。アンバールは曇天の燕《つばめ》のように低くゆるやかに飛行しながら、ずっと彼女のことを気にかけていた。

「……ルゥ？　起きてる？」

やがて目を覚ましたブリジッドが、視線を彷徨《さまよ》わせながら心細げに名を呼んだ。怖い夢を見て起きた子どものように。

「おはよう、よく寝てたね」

アンバールが答えると、幼い貌《かお》には安堵の笑みが浮かんだ。

「おはよ！　意外と寝心地よかったわ」

「そうかい？」

ブリジッドは軽くのびをしてから、両腕で自分を抱くと、うっとりとした口調で言った。

「うん。まるで、あなたに抱かれてるみたいだった……」

「あははははは」

「なんで笑うのよ！」

笑うところだと思ったが、違ったらしい。アンバールはピタリと笑い声を止めた。

「冗談のつもりじゃないなら、無理に色っぽい態度はやめた方がいいよ。区別が難しい」

「なによ、サービスしてあげたのに！」

「自然が一番だよ」

アンバールがやんわりと諭《さと》せば、鋭利な傾斜角を描いていたブリジッドの眉毛が、若干なだらかになった。

「まあ、ナチュラルなあたしが一番なのは確かかね」

「そういうこと」

「ねえ、ルゥ……あなた、調子はどうなの？　その……戦闘機になっちゃって」

昨晩のうちに説明は済ませておいた。と言っても、目が覚めたらこうなっていた、という以上のことはないのだが。

「なかなか快適だよ。自由に空が飛べるってのがいい。キャッチボールはできなくなっちゃったけど」

あはは、と、楽しそうな笑い声。集音機関がくすぐられる。

「そっちはどうして笑ったの？」

「ふふ……本当にあなたは、ルゥなんだって感じたの。戦闘機になっても変わらないのね。それがなんだか、おかしかったのよ」

「よくわからない」

自分はエルフだったときも、ごく平均的なステータスだったはずだ。内面はともかく。

ブリジッドはひとしきり笑うと、ふと言った。

「……ねえ、外の景色が見たいわ」

なるほど、寝起きにはカーテンを開けたくなるものかもしれない。アンバールは外部の視覚情報をコックピット内に投影した。

直後、息を呑む音が聞こえた。

其処には、爽《さわ》やかな日差しや歌う林檎の木々、飛び立つ鳥の姿など、見慣れた朝の穏やかな光景は何一つ存在しなかった。吹き荒《すさ》ぶ風に舞う赤茶けた砂が日の光を煙らせ、砂塵《さじん》の切れ間から覗く地表には峻厳な岩山がぞろりと連なり、肉食獣の下顎にも似たシルエットとなって、凶悪な景観を描き出している。

それは神々が御業を振るうより以前、原初の環境により近い星の姿だ。柔和《にゅうわ》さなど欠片《かけら》もない。ただひたすら鋭角だけで構成された風景。神々に愛されなかった土地、そして、神々を愛さなかった土地。

「……ブリジッド？」

アンバールの呼びかけで、ブリジッドは深呼吸をした。

「……オゥケィ、大丈夫……大丈夫よ」

自分に言い聞かせるように呟く。

心拍数の増加や呼吸の乱れから、彼女がショックを受けたらしいことはわかるが、その理由までは数値化できない。或いは戦闘機になる前なら、彼女の心の機微を察することができたのだろうか？　ルゥとしての思考まで機械的に変質しつつあるのではないかと、うすら寒い気分になる。

ブリジッドはやや自嘲《じちょう》気味に微笑み、言葉を続けた。

「あたしね、きっと心の何処かで信じてなかったのよ、昨日あったことや、あなたから聞いたこと。あたしが異端者だとか、ハイブラゼルを追い出されたとか……全部夢だったんじゃないかって。バカみたい」

　事情は昨日のうちに説明してある。

「無理もないよ」

　ブリジッドはもう一度深呼吸をすると、きりっと前を見据えた。

「……ねえ、此処ってどの辺り？」

　アンバールは質問に応じ、データベースから情報を汲《く》み取り開示した。ブリジッドの右手側の壁面に、半透明の地図を投影させながら語る。

「ハイブラゼルから南東、ダイダラ平原の南、セイレーン山系だ。少し北にドワーフの生存圏があるけど、見つかる心配はないと思う」

「そう……遠くまで来たのね。やっと現実を実感できたわ」

　ブリジッドは、あらゆる生命の存在を憎悪するかのような攻撃的な風景を、凜《りん》と見つめていた。強く記憶に焼き付けようとするかのように。

　ややあって、再び口を開いた。

「……で、これからどうするの？」

「そろそろ着陸したいかな。燃料も残り少ないし」

　アンバールが答えれば、ブリジッドは気遣わしげに眉を顰《ひそ》めた。

「え、大丈夫なの？　近くにガス・スタンドなんてあるかしら……」

「ロードサービスに連絡する必要はないよ。少しずつなら自力で生成できる」

アンバールの機関部には、数種類の環境発電システムと連結された小型のエネルギー・プラントが併設されており、空気と太陽光さえあれば雑食性《マルチフューエル》エンジン用の代用燃料を作り出すことができる。

「へえええ！　自給自足ってこと？　便利ねえ」

「まあ、とにかく降りよう。ブリジッド、シートベルトをするんだ」

「おっけー！」

比較的扁平《へんぺい》で凹凸《おうとつ》が少なく、十分な広さのある地形に目星を付けて着陸した。そこは岩山と岩山の間の盆地で、堆積した砂が描く一筋の流れを渓流《けいりゅう》と例えるなら、アンバールが降り立ったのは河畔《かはん》にあたる。

ひとりと一機の漂流者は、取り敢えずこの砂に塗れた盆地に落ち着くことにした。砂塵嵐に対しても、ある程度は岩山が盾《たて》となってくれるだろう。

生存圏外での暮らしは、ブリジッドにとって過酷なものとなった。

昼夜の気温差は大きく、食用に足る動植物は見当たらない。どうにか、岩に生えた苔を発見できたのは幸運だった。それはテラ・フォーミング初期に神々が分布させた改良種であり、生命力が強く厳しい環境にも耐えられるし、非常食にもなる。

飲み水には、水素発電の過程で生成される水分を充《あ》てた。排水ではなく、貴重な燃料の素《もと》となるものだ。アンバールにとっては血液を絞って与えているようなものだが、ブリジッドの為なら、何を躊躇《ためら》うことがあるだろう。

幼いエルフの命をかろうじて繋ぐのは、神々がかつてこの星に注いだ利己的な愛情の名残と、錯乱した戦闘機の挺身《ていしん》だった。

そうして星の片隅に息を潜め、ひと月が過ぎた。


砂嵐の収まった、幾分か穏やかな夕暮れ。

「――ねえルゥ、ちょっと気になったんだけど」

アンバールの左主翼に腰を下ろして空を見上げるブリジッドは、随分とやつれたように見えた。頬もこけているし、腕も足も細くなってしまった。服も薄汚れてしまっているから余計だ。しかしそれでも、彼女の本質的な美しさは失われておらず、むしろより一層光り輝くようでもあった。

アンバールはいつもそうするように、電子音声で返事をした。

「どうしたの？」

ブリジッドは子どもみたいに、両足をぱたぱたさせて、

「あたしとあなたの次の素体《スタンバイ》って、どうなったのかな？　もう起きてるのかしら？」

返答は悩ましかった。

「……多分ね」

アンバールは曖昧に答えた。ただの戦闘機だった頃は、こんな会話はできなかったことだろう。エラーが出て、シャットダウンしていたかもしれない。随分とファジーになった。

「そっか……なんだか不思議な気分。あたしは確かに此処に居るのに、別のあたしが普通に暮らしてるなんて」

アンバールはきっぱりと言った。

「それはきみじゃない」

「ふふっ……そうよね」

ブリジッドは微笑むと、アンバールの硬い翼をそっと撫でた。

「でも、そう考えると楽しくない？　何も知らないあたしは、あの町でまたあなたと出会うの。休日は一緒にショッピングして、可愛い服を選んでもらうわ。会えないときは長電話して、会ったら抱きしめて、いっぱいキスしてあげる！」

楽しそうに語る頬を、夕陽《ゆうひ》の色が淡く染めている。

「幸せな自分がどっかに居るんだって思えば、どんなことでも、我慢できる気がするの。そんな気持ち、わからないかしら？」

返すべき言葉が見つからず、アンバールは沈黙していた。

ルゥ73は、恐らく何事もなかったかのように再起動されて、のうのうと生を謳歌《おうか》していることだろう。神々の造ったハイ・エルフに欠員を出すわけにはいかないから。

だが、ブリジッドは？　教団の観点からすれば、彼女は定められた個体数を満たす為だけの、数合わせに過ぎない。

だから、きっともう……彼女が夢想する『幸せな自分』など、何処にもいやしないのだ。あの夏の日、デヒテラがそうであったように、誰の記憶からも消え去って。彼女は今や、忘れられた女になった。

「……ルゥ？」

返事がないのを心配してか、甘えた響きが名を呼んだ。

彼方の空、沈みゆく太陽が大地の牙《きば》に齧られ、赤黒い血を流している。銀の機体に映り込んだその色が内部にまで侵食してきたのか、アンバールはエンジンに赤々と脈打つ熱を感じていた。

——どうして彼女が、こんな目に遭わなければいけない？

住み慣れた地を追われ、寝食もまともに得られず、せめてもの慰みに、あどけない希望を抱くことさえ許されないのか？　油臭《あぶらくさ》い水を飲んで、岩にこびりついた苔を齧って……アナの愛情をデコードできる彼女こそ、誰よりも楽園に住む資格を持つというのに。

許せるものか。こんな現実。

「……ブリジッド、乗ってくれ」

そう声を掛けながら、アンバールはキャノピーを開け放った。

「え？　あ、うん……もう寝るの？」

ブリジッドは立ち上がってお尻を払うと、翼の上を危なげなく歩いてコックピットへと向かい、小さな身体をシートに滑り込ませた。彼女を呑み込もうとするかのように、キャノピーが閉じていく。

「それとも、少しおしゃべりでもする？」

「どっちもしない」

アンバールが答えた直後、コックピットを振動と浮遊感が襲った。

「つと……なに、飛んだの？　なんで？」

モニターがオフになっているので、ブリジッドには外の景色が見えないのだ。計器類の光が瞬く薄暗がり、戸惑っている様子の彼女へと言い放つ。

「これから、グラズヘルの生存圏に攻め込む」

「えつ、なにそれ！　攻め込むって……どういう意味？」

「武力で制圧するって意味」

アンバールは機首を北に向けると、内燃する怒りを推力へと変換して加速を開始した。目標は国境付近の小さな村だ。

急加速でシートに押し付けられつつ、ブリジッドは声を上げた。

「ぐっ……辞書が欲しかったワケじゃないわ！　いきなりどうしたっての？」

「もういいんだ。これ以上きみに不自由はさせない。お腹いっぱい食べて、お風呂《ふろ》にも入って、柔らかいベッドで眠ろう。シートベルトをしてくれ」

ブリジッドはブンブンと首を振り、

「わけわかんないわ！　落ち着いてよ！」

「ぼくは冷静だ」

ただちょっと、電算回路が過負荷でショートしそうなだけだ。

「いやいや、おかしいでしょ！　危ないことはやめて！」

「別に危なくない。きみに危険はない。近くまで行ったらきみを降ろして、ぼくだけで戦うからね」

ブリジッドが絶句するのに、アンバールは冷然と言葉を続ける。

「国境警備隊との戦闘は、およそ九〇秒で片が付く。それから夜間哨戒機《やかんしょうかいき》を墜とせば、朝まではのんびりできるだろう。いいからシートベルトをするんだ、ブリジッド」

それは希望的観測ではなく、正確な分析だった。他の様々な事柄と同じく、国境の防衛はどこも形だけのもので、ろくな戦力は配備されていない。アンバールの残弾数はミサイル二発と無誘導ロケット一発、バルカン五〇〇発のみ。おまけに慢性的な燃料不足だが、それでも楽勝だろう。

村を占領してからグラズヘル本国に通信を送り「妙な動きをすれば村民を皆殺しにする」とでも言っておけば、軍も数日なら足止めできるはずだ。

楽園の住民たち。本当の意味で必死になることを知らず、どこまでも高潔であろうとする、ごっこ遊びの兵隊たち。彼らは脅威ではない。警戒すべきは教団だけだ。この世界の全てをゲームに例えるなら、彼らこそがレフェリーなのだから。

どのみち、引き返すという選択肢はなかった。だって、ブリジッドが苦しんでいる。他に理由は要らない。彼女の為なら、村のひとつやふたつ滅ぼしたって構うものか。

峻厳な辺境の風景を背後へと押し流しながら、砂混じりの風を切り裂いていく。

「……ねえルゥ、聞いて」

ブリジッドが、聞き分けのない子どもに言い聞かせるような口調で呼び掛けてきた。

「確かに、あたしみたいな美女がお風呂にも入れないで、オシャレもできないってのは、世界的な損失よ。あなたがそう思うのも無理ないわ……」

反射的に笑い声を再生しようとして、アンバールは思いとどまった。今までの傾向からすると、多分ここは笑うところじゃない。

「そうだね。だから、黙って行かせてくれ」

「ダメ！　やめて。あたしのためだと思うなら、やめて」

　ブリジッドは真剣な表情で、計器類の瞬くコンソールを見つめた。まるでそこにルゥが居るかのように。

「苔の味にも慣れてきたし、砂で身体を洗うのも悪くないわ。ちっともつらいなんて思わない。トイレがないのは、ちょっとだけ困るけど……そんなことより、生身のあなたが死んだとき、あたしがどれほどショックだったかわかる？」

「……いや」

　正直なところ、わからない。想像することはできるが、実感はできない。自分はただの戦闘用ＡＩなのだから。そんな情緒とは無縁のはずだ……今は少し、バグってしまっているが。

　計器類の明かりをぼんやりと照り返して、ブリジッドの瞳は潤んでいた。

「お願いよ、ルゥ。お願いだから、独りぼっちにしないで」

「でも……」

　彼女の言葉には抗いがたい不思議な力があって、冷却装置のようにエンジンの熱を冷まそうとしてくる。高性能な電算回路が今は恨めしい。ルゥであった頃の思考がこれほど正確に再現されていなければ、悩むこともなかっただろうに。

「でもこのままじゃ、きみの身体がもたない。ぼくはきみに、普通の生活をしてほしいんだ。その為なら、どんなことでもする」

「気持ちは嬉しいけど、言ったじゃない。あたしは今の生活に、文句なんてないのよ。だから、このまま……」

ブリジッドが何か言葉を続けようとしたそのとき、突然、アラートが鳴り始めた。計器類を見るまでもなく、アンバールには直接的な感覚として、何が起きたか理解できた。機体にレーダーが照射されたのだ。

辺境なのに？　一体誰が？　その驚きといったら、例えようがなかった。遥かな昔、神々は死者の霊を畏《おそ》れたというが、そんな感覚に近いのかもしれない。もちろん驚いたとはいっても、AIの一部、ルゥの感情としての部分がそういう反応を示しているというだけで、演算機能の大部分は既に事態の分析を始めている。

このままでは、いつミサイルが飛んでくるかわからないからだ。一刻も早く所属を識別し、発信源を特定しなければならない。

「──え、なにっ⁉　何が起きたの！」

と、アラートに対して、ブリジッドがやっと反応を見せたときには、既に解析は終了している。識別信号──UNKNOWN。一〇〇〇年以上蓄積されたアンバールの戦闘データログに照合しないというのは驚くべきことだが、そもそも今のこの状況が最初からあり得ないのだから、不思議ではないのかもしれない。

レーダーにも、探知機ごとに癖のようなものがある。たとえばあのグラズヘルのスレープニルなんかは、相手を睨み付け何もかも暴き立てようとするような、力強い波形だった。それに比べるとこちらは控えめで弱々しく、まるで視力のほとんどない老体が、対象にそっと触って形を確かめているような印象がある。

発信源は特定できたので、アンバールは躊躇なくミサイルを発射した。ターゲットは二時の方角、地表上の一点。光学機器の感知が届かない距離なので、正体はまだわからない。戦場でどれほどファリニシュの目に頼っていたかを思い知る。しかし相手が何者だろうと、ブリジッドを危険にさらすわけにはいかない。

――ブリジッドにとって今や、世界の全てが敵だ。そしてぼくにとっては、ブリジッドだけが全てだ。

――光華《こうか》。

夕闇迫る風景の中に閃光が咲き、爆発音が木霊となって響き渡った。

「ちょっと、ルゥ!?　まさか、もう戦ってるの？　やめてって言ったじゃない！　なんでよ、あたしは戦ってほしくない！」

コックピットでは、ブリジッドが怒っていた。

「いや、そうじゃないんだ。うまく説明できないんだけど、何かが居たんだよ。危険なヤツかもしれない」

「え、どういうこと……何かって何？」

「それは、これから確かめる」

アンバールはどんな事態にも即応できるように演算速度を上げつつ、発信源に向かって飛んだ。ブリジッドを降ろしていくべきかとも思ったが、相手の正体も狙《ねら》いもわからない以上、コックピットに居てもらった方が安全だろう。

やがて辿り着いた爆心地には、同心円状に破壊の跡が広がっていた。悪魔の爪にも似たフォルムの岩が幾つも薙ぎ倒されており、飛散した破片はいずれ砂に還《かえ》るのだろう。未だに熱を帯びた大気が、ミサイルの威力を物語っている。

そして、それらの破壊の中心に広がる光景を認識したとき、アンバールは今まで以上に戸惑い、驚愕することになった。

「これは……！」

「もうっ、なんなのよ！　外で何が起きてるの？　さっきから目隠しされてるみたいなものじゃないの。特殊なプレイはやめて」

ブリジッドが焦燥の声を上げる。そういえば、まだコックピットのモニターを起動していなかった。戦術的分析をしていた為、メモリに余裕がなかったのだ。

「いや、そういうんじゃなくて……これを見てくれ」

アンバールはコックピットの内壁に、その不可解な光景を投影した。

ミサイルの着弾点と思《おぼ》しき場所には、ぽっかりと大きな穴が開いていた。こんな風に地形を変えてしまうほどの威力は、アンバールのミサイルにはない。元から地下に空洞があって、その天井をぶち抜いたと考えるべきだろう。

そして、なによりも驚くべきは、穴の底に何らかの施設らしき設備が見えていることだった。

広範囲に崩落した土砂に埋もれかけているが、それは確かにアスファルトで舗装された道路だった。ぼんやりと灯る誘導灯が、何処に続くかわからない道を照らしている。

「なにこれ……トンネル？」

ブリジッドが目を丸くしている。

「見た限り、そうみたいだね」

「だってここ、辺境でしょ？　一体どういうことなの？」

「わからない」

こんな建造物の存在は、ルゥとして軍に居たときでも聞いた覚えがなかったし、アンバールのデータログにもない。

「えっと……どうするの？」

ブリジッドが怖がっているような、でも興味があるような表情で言う。

「入ってみよう」

「え、本気？　危なくない？」

「かもしれない。でも、何があるのか確かめておかないと」

アンバールは真銀《ミスリル》装甲を変形させ、可能な限り機体をコンパクトにすると、トンネル内部へと進入した。

入ってすぐに、堆《うずたか》く積もった土砂から、アンテナの一部と思しき鉄片が突き出ているのが確認できた。なるほど、地表にあったレーダー設備ごと崩落したようだ。手段は突き止めた。実行犯は何処に？

道は緩やかな弧を描きながら傾斜している。噴流翼《ふんりゅうよく》を繊細に操り、地下へと向かって進んでいく。幾つもの誘導灯が、左右を通り過ぎていく。

「わあ……なんだかあたし、ドキドキしてきたわ！　冒険って感じがするじゃない！」

ブリジッドが両目を輝かせている。口にこそ出さなかったが、この一ヶ月、代わり映えしない景色ばかりで、退屈していたのだろう。

アンバールはそんな楽観的な認識から探索に乗り出したわけではなかった。レーダーを照射してきた何者かは、少なくともこちらのことを認識しているはずだ。正体も目的もわからないまま放っておくのは、リスクが高すぎる。行くにせよ戻るにせよ。

「大きな虫とか、出るかもしれないよ」

アンバールがふとそう言えば、ブリジッドはヒッと短く悲鳴を上げた。

「なんでそういうこと言うかな?」

「外に出たがりそうだったから、釘《くぎ》を刺しておこうと思って」

「だったらそう言ってよ。子どもじゃないんだから」

軽口を交わしながら、しばらくそのまま飛んでいると、ふと前方から吹き付ける風が勢いを増した。意図せず浮き上がりそうになる機体を押さえつけながら尚も進んでいくと、いきなり視界が開けた。

「わっ……!?」

ブリジッドが息を呑んだ。

トンネルを抜けた先は、想像を絶するほど広大な、筒状の空間だった。そのスケールときたら、対岸が霞《かすみ》がかって見えるほどだ。

アンバールが今飛んでいるのは、外壁を螺旋状《らせんじょう》に巡る回廊の上で、道の先はすり鉢状の地形に合わせて次第に輪の間隔を狭めていき、やがて直線の高架道路に直結する。左右には黒々とした森林が横たわり、更にその先には、本来であればもっと暗いはずの地下の風景をぼんやりと浮かび上がらせている、都市の光があるのだった。

「すごいっ、なにこれ！　なんで地下に町があるのよ?」

ブリジッドはシートから身を乗り出し、食い入るようにモニターを見つめている。アンバールのＡＩすら一瞬目を奪われたのだから、無理もない。

「わからない」

今日だけで何度目になるのか、アンバールはそう答えた。地下都市《ジオフロント》――そんな単語だけなら思い付くが、何の答えにもならない。

道なりに行く必要もないので、アンバールは翼を広げ、地底の風を捉えた。一気に都市の上空まで身を躍らせ、高みから様子を窺う。

見れば見るほど不可解な場所だった。

周辺の森からは、瑞々しい生命の息吹《いぶき》が感じられた。そよぐ梢の隙間からは、幽かな煌めきが覗いている。水場があるのだ。あんな救いようのない荒野の地下に、これほど豊かな自然が広がっているとは、にわかに信じがたい。

対して都市部は、ほとんど廃墟《はいきょ》と言ってよかった。縦横に走るアスファルト道はひび割れ、建造物は鉄骨が剝き出しになっていたり樹木の苗床になっていたりで、勢いのある自然に侵食されつつある。動く者の気配はまったくなく静まりかえっているが、そんな有様でも電源は生きているらしく、常夜灯のひかえめな光がビルの輪郭を曖昧に描き出している。

これほど崩れていてもわかるのは、ハイブラゼルや、他のどのデミ・ヒューマンの都市の建築とも違う様式だということだった。いったいこの都市は、いつから此処にあるのか？　何の為にあるのか？

「――ねえ、ルゥ見て、あそこ！　誰かいる！」

ブリジッドがモニター越しに、眼下を指差して叫んだ。都市の背骨たる主幹道路の一角、街灯の明かりの中に、幾つかの影が浮かび上がっていた。周囲の建物から続けてぞろぞろと姿を見せており、全員が足を止めて此方を見上げている。ぼんやりと何をするでもなく、或いは祈りを捧《ささ》げるかのように。

「あれは……」

ブリジッドは『誰か』と言った。肉眼だから、しっかり見えていないのだろうか？　それらは人型ですらなかった。

デザインに一貫性はなく、円筒形のボディから手足が生えたシンプルな形状だったり、上半身は人型だが下半身が四足歩行だったり。愛玩的な丸みを帯びた者や、実利的な直線だけで構成された者も居る。体表面は金属の光沢を帯びている。それらは、旧時代的なロボットの群れだった。

それほど数は居ないし、戦闘性能も高くなさそうだが、もし対空兵器を備えていたら面倒だ。何があろうと、ブリジッドを危険にさらすわけにはいかない。

――排除する。

アンバールが残り一発のミサイルをスタンバイさせ、彼らの中心に向かって撃ち放とうとしたまさにそのとき、都市の中心地区に位置するビルの壁面が、突然まばゆい光を放った。

――ばん、ばん、ばばん。

軍用火器の炸裂とは比べものにならない、間の抜けた響き。

空中に幾つもの花火が咲き、季節感のない色とりどりの花びらが舞い躍った。ホログラフィック映像だ。此処が地下であることを忘れそうになるような、極彩色の光の奔流。アンバールの傍《かたわ》らを、幻影の鳥が戯《たわむ》れるように飛び去っていく。

ブリジッドは当然のこと、アンバールのＡＩさえ、呆気に取られていた。咲き乱れる幻像の中心には、次の短い一文が大きく映し出されていた。

『おカエりなさい、我らがマスター』

5　ティル・ナ・ノーグ

それはまだ、神々が滅亡する前のこと。生存圏の出生率低下が深刻な問題になり始め、開拓期の賑わいが嘘のように、この星が静かになってきた頃の話。

慢性的な人手不足を解消する為、各生存圏ごとにデミ・ヒューマンを生み出そうという計画が立案され、倫理的な観点からすれば意外なほどあっさりと実行に移されることになった。誰もが未来に希望を持ちたがっていたし、寂しさを抱えていた。神々には、よき隣人が必要だったのだ。

しかし少なからず、反対する者たちもいた――「そんなことが許されるはずがない！」「生命に対する冒瀆《ぼうとく》ではないか！」「禁忌《きんき》に触れようというのか！」

ヒステリックに叫ばれる怒声の根底には、デミ・ヒューマンに対する恐怖がありありと見て取れた。彼らは計画推進派に自分たちの意見が届かないとわかると、やがて武力を行使し始めたそうだ。

教団の伝承にもしばしば語られるとおり、神々が備えていた本物の感情というのは、理不尽《りふじん》でままならないものだった。愛に効率論は存在せず、憎悪を計画的に運用した者もいない。だから、その戦争が泥沼化したのは、当然のことだったのだろう。誰もが感情的で、やけっぱちになっていて、ようやく終戦を迎えたときには、あまりにも多くの犠牲者が出てしまっていた。

戦いに敗れたアンチ・デミ派の神々は、汚染された荒野に落ちのび、地下都市《ジオフロント》を築いた。そうしていつの日か復権することを夢見て雌伏《しふく》のときを耐え忍んでいたが、やがて他の神々に先んじて死に絶えてしまった。

「――我々は待ちましタ。いつか再びマスターたちガ、この都市を訪れてくれる日ヲ。我々に命令をしてくれる日ヲ」

「それだけガ……我々の、存在理由なのでス」

今やこの都市の住民となった彷徨える機械たちは、口々にかつての主人の物語を語り終えると、最後にそう結ぶのだった。

「――ルゥ！　ルゥ！　ねえ起きて、朝よ！」

コンクリートの床を打つ、跳ねるような足音と共に、そんな声が接近してくる。およそ時速一三キロメートル。なかなか速度が出ている。転ばなければいいが。

すぐに、バーンと思い切りのいい音がしてドアが開き、薄暗い空間にまろやかな光が差し込んできた。舞い上がる土埃《つちぼこり》が描き出す四角い光の中、堂々と胸を張って、ほっそりとした影が立っている。

きらきらと輝く瞳、たくらみを感じさせる笑顔。しなやかな肢体を包む花に似たドレスは、工業機械たちがマニピュレーターによりをかけた一点ものだ。地底世界の明かりは全て人工光源に過ぎないが、こうして彼女が背負っていると、それは確かに一日の始まりを告げる清らかな朝日のように感じられるのだった。

薄暗い空間に排熱機関の唸りが響き始め、アンバールの機体表面に一瞬の燐光が奔った。

「ブリジッド、ぼくは寝てない。スリープモードっていうのは、本当に寝てるって意味じゃないからね」

挨拶がわりにそう返せば、ブリジッドは片方の眉を上げていたずらな表情を作った。この都市でどうにか生活を始めて一年が経ち、彼女は背も伸びて、顔立ちも大人びてきた。でも、その本質的なところはなんら変わっていないのだと、その表情が物語っていた。

「ちゃんと寝ないと身体に毒よ」

「いや、そういう話じゃなくてさ……」

訂正にかかるアンバールをよそに、ブリジッドは小走りで壁に向かうと、備え付けのコンソールのボタンを押した。やがて微振を伴いながらシャッターが上がり始め、薄闇に支配されていた空間が照らし出された。

光が満ちていく。彼女が連れてきたかのように。

アンバールが根城にしている此処は、都心部に位置する車両用の格納庫だった。この地底都市《ジオフロント》には飛行機用のハンガーがひとつもない為、間に合わせで腰を落ち着けたのだが、意外と居心地は悪くない。

シャッターが開き切らないうちに、ブリジッドは長い髪を光に梳《す》かせながら、アンバールへと駆け寄ってきた。

コックピットの下辺りをペシペシと叩きながら言う。

「ほらほら、開けて開けて」

「今日は何を？」

取り敢えず問い返しながら、アンバールは言われるがままにコックピットのロックを外した。空気が抜ける音と共にキャノピーが開き、梯子が下りていく。

「暑いから水浴びがしたいわ。それから帰りに畑に寄って、野菜を取ってきましょう。野菜たっぷりのパスタが食べたいの！」

と、ブリジッドが梯子に手を掛けたとき、ガシャガシャとけたたましい金属音が響いてきた。なにやら危機感を煽《あお》るアラーム音も鳴っている――「ブリジッドさま、お待ちくださイ」「ダメでス、ブリジッドさま」

アンバールに比べるといかにも機械音声っぽい、情感に乏しい声を発しながら、複数体のロボットが駆け込んできた。全員二足歩行の人型で、他の実務ロボットと比べて愛嬌のあるフォルムをしている。

「待ちません」

ブリジッドはピシャリと返すと、そのままアンバールへと搭乗した。

「――現在、アナタの生存確率ハ、およそ九九・九九九九九七パーセントまで低下していまス」

「危険でス、危険でス、危険でス」「〇・〇〇〇〇〇三パーセント低下中、危険でス。今すぐお部屋にお戻りくだサイ」

一団は警告アラームを鳴らしながら、アンバールの下までやってきた。

彼らは元々、神々の側仕《そばづか》えとして設計されたフットマンだ。親しみのあるデザインをしているのは当然だが、そのうえ帽子を被っていたり、ジャケットを着ていたり、マフラーを巻いていたり、靴を履いたりもしている。そうしたファッションは全て、ブリジッドがコーディネートしたものだった。

「イヤよ。ジッとしてるのは性に合わないんだもの」

ブリジッドはうんざりした調子で返す。

地上より幾らかましとはいえ、生存圏外の環境はやはり過酷で、冬の間は都市内の移動さえままならなかった。ブリジッドはずっとくさくさしていたようで、その反動か、暖かくなってからは連日アンバールを駆り出して、文字通り飛び回っている。廃墟を探検し、地底の森を散策し、時には地上に出て荒野を眺めることもあった。

呆れ顔のブリジッドを見上げながら、フットマンたちは訴えた。

「ご理解くださイ。アナタをお守りすることガ、我々の仕事なのでス」

「我々はもう二度ト、マスターを失うわけにはいきませン」

彼らだけでなく、今やこの都市で稼働している機械の全ては、ブリジッドの為にある。限られた資源の中、農業プラントはブリジッドの好む食料を生産し、工業ラインは家具や衣服を作り出す。ブリジッドはさながら、機械たちの女王だった。

「あのねえ、あたしはエルフなのよ。神様だなんて、畏れ多いわ」

そんな核心的な台詞にも、機械仕掛けの忠誠心は揺るがない。

「我々の定義からすれバ、アナタはほとんどマスターと同じでス」

「自律的思考をお持ちですシ、言葉を操りまス。そして、細胞から成る生物でス。我々に比べれバ、遥かにマスターに近い存在なのでス」

ブリジッドは肩を竦め、

「そりゃ、あなたたちと比べたらね。でもエルフには心がないんだってば。心がなかったら神とは言えないでしょ?」

「それは我々の基準ではありませン」

「心の有無ハ、我々には判別できませんのデ。我々から見る限リ、アナタはマスターと同じように見えまス」

こうした押し問答は、今に始まったことではない。それこそ冬の間、防寒服を着込んでまで出掛けようとするブリジッドに対して、フットマンたちは何度となく同じ調子で説得を試みてきた。そのときは言葉だけではなく、スクラムを組んで通せんぼをしたり、ブリジッドの脚にしがみついたりなど、物理的な手段に訴えることもあった。彼らのアルゴリズムは、ブリジッドの生存確率によって変わるようだ。

「あーハイハイ、そういうのいいから！」

議論を断ち切るように、ブリジッドは片手を振った。

「あのね、あたしを大切にしてくれるのはありがたいけど、ノーサンキューよ。あなたたちの言うこと聞いてたら、引きこもってるうちにお婆《ばあ》ちゃんになっちゃうわ」

「……それもいいと思うけどなぁ」

アンバールがスピーカーを挟むと、コックピット・カメラの中のブリジッドは、ぎゅっと眉毛を吊り上げた。

「あなたどっちの味方なのよ！」

「いや、彼らだって別に、きみの敵ってわけじゃ……」

「あー、もういいから！　ほらほら、早く出して頂戴！」

片手を振るブリジッド。

可愛い暴君の御下命だ。アンバールはキャノピーを閉じると、エンジンに火を入れた。たちまち車庫内に、空間が攪拌《かくはん》されているかのような轟音が響き始める。

フットマンたちが慌てて離れていくのに、

「留守をよろしく」

一声掛けてから、滑走を開始した。同時にコックピットのディスプレイをオンにする。これを忘れるとブリジッドがうるさい。

シャッターを潜り、一気に地底の空へと駆け上がる。

「いええぇ～いっ！」

加速度でシートに押し付けられながら、ブリジッドは歓声を上げた。何処かに行きたいというより、彼女は空を飛ぶことそのものが好きらしい。

眼下に遠くなっていく平屋の車庫は、広大な敷地の隅にあった。中央にある立派な邸宅は、かつてはアンチ・デミ派の指導者のもので、今はブリジッドが寝泊まりしている。ロボットたちが一日も欠かさず手入れしてきたという庭園には、背の高い夏草が風の軌跡を描いて揺れている。

アンバールは貯水池のある森へと機首を向けた。この地下空間は広大だが、巡航速度で飛んだとしても、端から端まで五分と掛からない。足下に流れる都市の風景は、すぐに夏の気配を宿した森に変わった。

梢が途切れ、煌めきが見えてくると、着陸態勢を取った。巻き起こる風が木々をざわつかせる。降り立った其処は、地下水を溜めておくための施設でもあるが、周囲は避暑地の湖畔といった風情で、実際にそうした用途もあったのだろう。白い砂浜に、水晶のように澄み切った波が寄せている。

「——よっ、と！」

キャノピーが開くと、ブリジッドは待ちきれないとばかりに飛び降りた。

「こら、危ないから」

アンバールが注意するが、まるで聞いていない。水辺に向かう砂地を歩きながら、子どものような躊躇いのなさで服を脱ぎ捨てていく。そうしてサンダルだけになると、くるぶしまで水に浸《つ》かったところで、くるっと振り向いた。両手を尻の後ろで組み、身体を見せ付けるように背を反らす。

「ねえ、どう？　あたし、結構成長してるでしょ」

「そうだね」

出会った頃から思えば、そのフォルムは確かな柔らかさを帯びてきていた。胸のふくらみに反比例するように腹部はなだらかになって、下腹部には髪と同じ癖毛の茂りが見て取れる。すらりと伸びた両脚が、水面《みなも》に漣《さざなみ》を立てている。

「ふふーん！　ま、成体に比べたらまだまだ物足りないけどね……ほら、ルゥも早くおいで。一緒に泳ぎましょう」

手招きをしながら、ブリジッドはざぶざぶと後ろ歩きで進んでいく。

「深くまで行かないで」

そう釘を刺してから、ジェットを一瞬だけ噴かし、浅瀬へと推進した。

艦載機として設計されたアンバールは、理論上は水に浮くようにできているし、エンジンも水中点火が可能なハイブリッド型だ。しかし飛行艇ではないので、浮力を維持するには精密なバランス制御が要求される。

思えばルゥだった頃は、そういう細かいハンドリングを得意としていた。エースと呼ばれ戦場に駆り出されるようになる前は、暇さえあれば曲芸飛行をしていたものだ。

「うわっぷ！」

ゆっくり着水したつもりだったが、それでも激しい波が立ち、ブリジッドは思いっきり水を被ってしまった。

「ごめん、大丈夫？」

アンバールが言えば、ブリジッドは笑いながら、

「あはは、やったわね、この～！」

お返しのつもりなのか、バシャバシャと水を飛ばしてくる。

「でもねルゥ。あたしからすれば、あなたの方こそ神様っぽいわよ」

ひとしきり笑ってから、ブリジッドは言った。

「そんな、きみは女神だ、みたいな意味じゃなかったんだけど」

「今まで聞いた中で、一番すごい口説き文句だわ！」

ひと呼吸ほど呆然としてから、ブリジッドは弾けるように笑った。その笑い声ひとつで、静かな廃墟の水辺が一気に華やぐ。

「感情キャリアーだとか、異端者だとか、そんな病的な話じゃないよ。きみを見てるとアナを思い出すんだ」

「あたしが？」

ブリジッドは目を丸くする。

「そっちじゃなくて。きみが女神様みたいだって話」

「あら、あなたもあたしを閉じ込めておきたいっての？」

ブリジッドは水をかき分け、アンバールの近くまでやってきた。

「彼らの気持ちはわかるよ」

あの子たち。ブリジッドは都市の機械たちをそう呼ぶ。

「大丈夫だってば！　過保護すぎるのよ、あなたも、あの子たちも」

「怪我《けが》は？」

「なんだって?」

まったくわからない。ブリジッドとの会話はときどきこんな風に、アンバールの演算能力を超えてくる。

「あなたは憶えてないかもしれないけど、最初に逢った日ね、ベッドで一緒に寝てたら、あなた、急に震えだしたのよ。どうしたのってあたしが訊いたら、怖いんだって言うの。死ぬのが怖いって」

アンバールは絶句した。CPUがエラーを吐きまくっている。まったく憶えていないが、それは明らかに異端者の兆候だ。二〇〇〇年以上隠し続けてきた本性を、出会ったばかりの他者にあっさり明かしてしまうとは。どうかしてる。

「今ぼくが、なにより怖いのは酒だ」

思考領域内のルゥである部分が、そんな軽口を叩く。もう二度と燃料タンクに、アルコールは入れたくない。

「ふふ、あなた弱いもんね! まあ、あのときはあたしもビックリしたわ。でもそれより、悔しいって思ったのよ」

「悔しい?」

「あたしと一緒に寝てるのに、怖いなんて! そこは幸せって言うとこでしょ? だから絶対慰めてやるって思って、あなたを抱きしめたの。大丈夫よ、大丈夫よ、って。そしたらあなた、やっと静かになったの」

デミ・ヒューマンたちが行う感情の演技は、至って表面的だ。本物の感情と向き合ったことがないのだから無理もない。しかしブリジッドの表現する感情は、そんな新米役者のエチュードのようなものとは、根本的に違うような気がした。なにしろ、本当の女神を知るアンバールでさえ見分けがつかないのだ。

「うん……やっぱりきみは、女神様みたいだ」

アンバールがそう言えば、ブリジッドは眉間にしわを寄せた。

「ちょっと、どうしてそうなるわけ？　今、あなたの方が神様っぽいって話してたのよ」

今、演算回路の中に生まれているこのノイズを正確に翻訳することは、到底不可能だと思われた。相応しい単語も構文も、言語ファイルの中に存在しない。ただひとつ確かなのは、この感覚こそが、幸福と呼ばれるべきものだということだ。

「きみがそう言うなら、それでいいさ」

「なにそれ。適当なんだから……」

「ありがとね」

「なにが？」

「怖がってるぼくを、慰めてくれたこと」

真剣な調子で告げると、ブリジッドはふんと鼻を鳴らし、

「今さらそんな、お礼なんていいけど……まあ、とにかく。あたしと一緒に居るんだから、幸せ以外の感想は許されないの。わかった？」

「わかったわかった」

「よろしい」

ブリジッドは満足げに、アンバールの翼を撫でた。

「また怖いことがあったら、あたしに言いなさい？　助けてあげるから」

アンバールは一瞬、返す言葉に詰まった。

「……うん、ありがとう」

怖いことなら、ある。今のアンバールにとって、何よりも怖いことがひとつある。それに比べたら自分が破壊されることや異端者と認定されることは、大した問題ではない。

でも、それは言わないでおこうと思った。言葉にすれば陳腐《ちんぷ》になってしまいそうだし、ブリジッドを困らせてしまうだろう。なにより、考えたくもないことだった。


昼はブリジッドの命令でひたすらヴァカンスを満喫し、やがて夜になると車庫に帰る……その繰り返しで、夏が過ぎていく。

ブリジッドにも言ったように、アンバールは生物的な睡眠を必要としない。スリープモード中はもっぱら記憶の整理をしている。アンバールの内部ストレージ容量は莫大だが、それでもルゥ・シリーズの記憶はかなりのウェイトを占めているので、こまめに最適化しなければならない。本流だけではなく、ルゥ38が死の間際に焼き付けた支流としての記憶があり、そのふたつの間には、重複部分がかなり多い。

格納庫の中は恐ろしいほどに暗かった。地底の光源は疑似的に一日を再現する為、地上の昼夜に合わせてその強弱を変える。そんなところにも、この地にかつて住んでいた神々の並々ならぬ執念が感じられる。

帰る場所も故郷も、肉体さえ失って辿り着いたこの最果ての闇の中で、アンバールはルゥだった頃の記憶を浮かべている……

遺失記録６３３―5、第一〇三次対エリュシオン戦争、戦勝会直後

――三次会はデヒテラ15の家でやろうという話になった。

それは、彼女が今回の空戦の大金星を挙げたからというよりは、ただ単に小隊内で一番広い家に住んでいるという理由からだ。

二次会までに酔い潰れたり、家族のある者は帰ったりもしていたが、それでもかなりの数が

残っていた。戦勝祝賀会はとにかく盛大なもので、ハイブラゼル軍にとっては久々の勝利だったのだから無理もない。

「新居自慢なんか、するんじゃやなかったわ……」

そんな家主の言葉など、聞くような連中ではない。

かくして、アッパータウンの一等地にあるデヒテラの家は、酔っ払いどもに占拠される羽目になったのである。

「——つかァーッ！　オラァ、れひれらァ！　次ら、次ィ！」

グラスの底をテーブルに打ち付け、乾いた音をリビングに響かせながら、ヴァラー97が叫んだ。威勢だけはよかったが、その眼《め》は完全に据わっており、呂律《ろれつ》は回っておらず、ソファーに浅く腰かけた身体は斜めに傾いている。

「無理しない方がいいんじゃやない？」

対面のスツールに座るデヒテラが、余裕の笑みで言った。ヴァラーと同じ量を飲んでいるはずだが、顔色はまったく変わっていない。着込んでいる軍服にも乱れはなく、胸には今日授与されたばかりの勲章が誇らしげに並んでいる。

ふたりの飲み比べで賭けをしたり、野次を飛ばしたりしていた同僚たちは、これは勝負にならないと悟ったのか、口々に言い始めた——「なあ、もうやめろって」「そろそろいい時間だしさ」

「お前はよくやったよ、頑張った」

ヴァラーは片手を大きく振り、

「うるへェ！　まら俺ァ、負けてねえろ！　れひれらァ、てめえには負けねえ……ウプ」

喚いている最中に、その顔色はみるみる青ざめていった。両手で口を押さえ、頰をふくらませている。冬眠直前のリスのように。

「ちょっと！　ひとんちで吐かないでよ！」

デヒテラは慌てて腰を浮かせると、ヴァラーの頭を上下から挟み込むように、両手で押さえ付けた。

同僚たちは、蜘蛛《くも》の子を散らすように逃げ出している。

「ンプッ、ウッ……オエッ」

「吐いちゃダメだからね！　いい？　吐いたらあなたの負けよ！」

負け……その単語が、ヴァラーの闘志に火を点けたようだった。顔を青くしたり赤くしたりしながら、どうにか吐き気を呑み込むと、そのまま背もたれに倒れ込んだ。以後、ピクリとも動かなくなった。

全員が安堵の吐息を漏らす中、快活な笑い声が響いた。

「こりゃ、引き分けってところかね」

そう言いながら、ダイニングの椅子から立ち上がったのは、整えられた口髭が目を引く壮年の男だった。軍制のコートを羽織っており、丁寧に折られた袖からは、銀色の右手が覗いている。ハイブラゼルの全軍指揮官、ヌァザ23だ。

「待ってくださいよ、将軍！」「そりゃないですよ」「お言葉ですが、どう見てもデヒテラの勝ちでしょう、これは」

文句を言っているのは、デヒテラの勝ちに賭けていた一団だろう。

ヌァザは首を傾げ、

「しかし、ヴァラーは吐かなかったぞ。それに、飲んだ量は同じなわけだから……デヒテラはどう思うかね？」

水を向けられ、デヒテラは肩を竦めた。

「私はどっちでもいいですよ。付き合わされただけですし」

「……と、いうわけだ。諸君らも納得したまえ」

ヌァザは銀の腕を伸ばし、白目を剥いたままのヴァラーを軽々と肩に担《かつ》ぎ上げると、周囲に向けて穏やかに続けた。

「さて、そろそろ切り上げどきだ、お暇《いとま》しようじゃないか。あまり遅くまで騒いでいたら、デヒテラにも悪いからな」

まさに鶴《つる》の一声といったところで、酔っ払いたちは三々五々立ち上がった。ヌァザに続き、デヒテラに挨拶を残して去って行く。

ややあって、リビングは祭りの後の静けさに包まれた。開け放たれたままの窓から、散らかり放題の部屋へと夜風が吹き込んできて、酒精と熱気を洗っていく。そうするとますます、何かの終わりに伴う寂寞感が強まった。

スツールに腰を下ろしたまま、デヒテラ15は深く長い溜息をついた。何処から片付けようかと考えて、気が滅入《めい》っているのだろうか？　気持ちはよくわかる。

「……手伝うよ」

ルゥ36がおもむろに声を掛けると、デヒテラ15はビクッと肩を竦めた。驚かせてしまったようだ。忙《せわ》しなく辺りを駆け回っていたその視線は、やがて隅の壁に背を預けて立つルゥ36を捉えた。

「な、なによ、あなた！　いつから其処に？」

「ずっと居たけど」

影が薄いのは承知の上だが、認識すらされていなかったとは。

「あ……待って！　あなた、基地《ベース》で見たことあるわ。確か……ルゥ！　ルゥよね？」

勢いよく指差されて、ルゥ36は肩を竦める。

「マザー・スコードロンのエースに憶えられていたなんて、光栄だね」

「あはは、何それ！　あなた、ハイ・エルフなんでしょ？　私なんかよりよっぽどおエライさんじゃないの」

「別に偉いわけじゃないよ。きみの方が機能的だ」

無益な謙遜《けんそん》合戦は早めに切り上げるに限る。ルゥ36はさっさと壁から背を離すと、フローリングの床に転がる酒瓶を集め始めた。

「あ、いいって、私がやるから……わ、わわっ！」

そう言ってスツールから立ち上がった途端、デヒテラ15は大きくよろめいた。両手をぐるっと回しながら、背中から倒れていく。なんとなくコミカルな動きだったが、このままいくと後頭部を強打するかもしれない。

ルゥ36の心臓が強く拍動した——エレメンタル・ドライバ起動、メインポート開放——DONE。神経回路アクセス先、肉体管理ナノエレメンタル群——DONE、接続確立。

次の瞬間、ルゥ36は難なくデヒテラ15を抱きとめていた。体内を循環する恒常性維持《ホメオスタシス》ナノエレメンタル群のうち、骨格筋を司る一群に働きかけ、運動能力を飛躍的に向上させた。こんな無茶な使い方をすれば、明日はきっと筋肉痛で動けなくなるだろう。それなのに、どうしてこんな……自分で自分がわからない。

「あ……あれっ？　えっと……」

デヒテラ15はきょとんとして、ルゥ36の顔を見上げてくる。何が起きたのか、いまいち理解できていない様子だ。

「大丈夫？」

「え？　あ、うん、平気……あはは、さすがに飲みすぎちゃったみたい！　実は結構、酔っぱらってたりして」

「無理はするもんじゃないよ」

うっそりと返しながら、デヒテラ15をストールに座らせた。

「負けず嫌いなのよ」

「座ってて」

やんわりと念を押してから、部屋の片付けを再開する。てきぱきと動き始めたルゥ36へと、不思議そうな声が飛んできた。

「ねえ！　今、どうして私を助けたの？　どういうメッセージ？」

デヒテラ15は太腿《ふともも》の間からストールに両手を突き、上体を乗り出すようにしてルゥ36の動きを追っている。その仕草も表情も、いかにも興味津々《きょうみしんしん》といった様子で、両目は子どもっぽい光を宿して煌めいている。

「……さあ、わからない」

「優しさアピール、かな？　それとも……ふふっ、私に興味がある、とか？　意地悪しないで教えてよ」

意地悪のつもりはなかった。本当にわからないだけだ。平静を装ってはいるが、自分でも酷く戸惑っていた。普通なら、デヒテラ15のように考えるだろう。死ぬことを忘れたこの星で、誰かをわざわざ助けるなんて。何か狙いがあるはずだと。

だが、ルゥ35には何もなかった。明確な意思は何も。ただ、思い出しただけだ。倒れていくデヒテラ15を見たとき。なぜだろう？　アナの最期の姿が脳裏にちらついて、考えるより先に身体が動いていた。

消えかけの光、その強烈な美しさ。全身を貫いた、名もなき衝動……

ルゥとしての記憶は、ひとつひとつが馥郁たる情感を伴っていた。アンバールにとっては、ほとんどタイムトラベルと言ってもいい。今やどこか他人事《ひとごと》で、だからこそ冷静に眺めることができる……

記録１００２―35、ハイブラゼル基地にて

――ルゥ53は、ルゥ・シリーズの中でも最多の撃墜数を誇る戦闘機乗りだった。

当時国内二位だったヴァラー５０１にダブルスコアをつけての圧勝で、他生存圏から称賛の声も多く届いていたが、同時に教団内ではルゥ・シリーズの異常性についての陰口も、ちらほらと聞こえ始めていた。

あの頃はただ必死で、上手く負けてみせる余裕がなかった。恐怖に追い立てられて、それこそ死に物狂いで戦っていた。空を捨てようと考えたこともあったが、教団が算出した職業適性外への転職は基本的には認められず、転職できたとしても大きな社会的リスクを覚悟しなければならない。その決心はつかなかった。

ある冬の日のこと。戦閑期に入ったおかげで心穏やかに過ごしていたルゥは、軍から急な呼び出しを受けて基地《ベース》へと向かった。

「――おめでとう、ルゥ！　昇進が決まったぞ」

巨大構造体の突端に位置する司令室にて、ユートピア海の青に染まる一面の強化ガラス窓を背負い、ヌァザ98はそう告げた。

「……は？」

木製のテーブルを挟んで立つルゥは、咄嗟には意味がわからず首を傾げた。肉体年齢は五十《いそ》路《じ》を過ぎ、ややくたびれてきている。対するヌァザはまだ二十代で、軍帽の下の瞳は若々しい覇気に満ちている。

「昇進だよ、昇進！　お前には隊を率いてもらうことになった」

「ええ……」

思わず取り繕《つくろ》うことも忘れて、顔をしかめてしまう。まったくおめでたくない。

――どうしてこうなった？

隊長ともなれば、責任も出撃も増える。死にたくないから戦っていただけなのに、それで期待されてもっと死地に赴く羽目になるなんて、とんだ負のスパイラルだ。

司令室の調度品や内装は、ヌァザ・シリーズの趣味からアンティーク風で揃えられており、普段なら嫌いではなかったが、今はまったく落ち着けなかった。背中に冷たい汗が流れ始めている。

「……なんだ？　嬉しそうじゃないな」

訝しげな言葉に、ルゥは曖昧に笑った。

「いえ……少し、驚いてしまっただけですよ。でも、いいんですかね？　第二世代のぼくが隊長なんて」

「なに、他国ではもう第三世代の指揮官も現れているそうだしな。我々も適度に軍拡し、神々への信心を表明していかねばならん！　お前の戦績から考えたら、むしろ遅すぎるくらいだ」

ヌァザの方が、よほど嬉しそうだった。

「さて。それでは早速だが、お前の新部隊に配属される勇士たちを紹介しよう。諸君、入りたまえ！」

と、銀の義手が打ち鳴らされると、入り口のドアが勢いよく開き、四名の軍兵が入室してきた。全員、式典等で着用される正式な軍服に身を包んでいる。その先頭に、すまし顔で立つ青年を見たとき、ルゥは頭を抱えたくなった。

——ヴァラー！　よりによって！

残りは知らない顔だった。気性の穏やかそうな大男に、利発そうだが同じだけ生意気そうな少年、人形のような印象の少女……

軍靴の音が四つ、綺麗に揃うのを待ってから、ヌァザは口を開いた。

「まずは、ヴァラー５０１……まあ、こいつは紹介するまでもないか。我が軍ではお前に次ぐ実力者だ」

「おゥ、大将！　世話になるぜ。ま、仲良くしてくれや？　ククク……」

何かと絡んでくるのを、なるべく相手にしないようにしていたのに。こうなってはいよいよ逃げ切れないだろう。これからのことを考えると憂鬱《ゆううつ》になってくる。

「その隣が、ガヴィーダ２２４。元々は工業プラントで働いていたが、この度適性検査で空軍所属になった」

「よろしく頼む、ルゥ隊長」

ガヴィーダが鷹揚《おうよう》に敬礼し、深みのある声で言った。その落ち着いた態度には好感が持てる。ヴァラーを見た後だから、余計にそう思うのかもしれない。

ヌァザは言葉を続ける。

「後の二名は、最新式の第四世代だ。それぞれホリン・シリーズと、ウァハ・シリーズ。どちらも性能は折り紙付きだが、ホリンはなんと、お前の遺伝情報を基に設計された個体でな。期待の新戦力というわけだ」

「ホリン1です！　お会いできて光栄です、お父さんっ！」

おろしたての軍服が音を立てるほど、気合いの入った敬礼をしながら、ホリンは弾む声で言った。きらきらと煌めく瞳がルゥをたじろがせる。

「お父さんって？」

「あ、遺伝元はそう呼ぶのが、最近の流行《はや》りなんで」

「そうなんだ……うーん、それはちょっと、やめてもらっていいかな？　なんて言うか、その……吃驚する」

ホリンは頓着なく頷いた。

「わかりました！　じゃあ、隊長って呼ばせてもらいますね」

「うん、よろしく……えーっと、それで……？」

定規で測ったような姿勢のまま、微動だにしない少女へと目を向ける。

「ヴァハ1です。貴方を守る為に造られました」

透明度の高い眼が、じっと見つめ返してくる。ホリンの視線も居心地の悪いものだったが、こっちはこっちで落ち着かない。

「あー、ええと……そういうのもちょっと……まあ、あまり気負わないで」

ルゥがなけなしの社交性をかき集め、にこやかに言葉を返したとき、ヴァラーが厭《いや》らしく鼻を鳴らした。

「守るだと？　ハッ！　生意気言ってんじゃねえぞ」

ウァハは感情のこもらない瞳を向け、

「自分の役割を説明しただけですが」

「それが生意気だっつってんだよ。てめえみてえなヒヨッコがルゥを守るなんてなァ、言葉にするのもおこがましいっつーの。いいか？　てめえはただの数合わせだ。新部隊には、ルゥと俺だけで十分なんだよ！」

「ヴァラー！　なんでお前はそういちいち……」

流石に止めようと口を開きかけたとき、ウァハが先んじて言った。

「おこがましいのは、どちらでしょうか？」

「……あ？」

ピリッとした空気にもひるまず、ウァハは言葉を重ねる。

「貴方は確かに、ルゥに次ぐ撃墜数を誇ります。でもそれは出撃回数が多いというだけで、勝率は遠く及びません」

悪口というより、事実を淡々と述べているだけという声音。ヴァラーだけでなく、誰もが唖然としていた。

「下手《へた》な鉄砲数撃ちゃ当たる、というものです。それなのに、自分をルゥと同列に並べるなんて。そういうの、なんて言うか知ってます？　厚顔無恥、って言うんですよ。何度か戦闘シミュレーションはしましたけど、貴方になら私でも勝てます」

「ちょ……ちょっとウァハさん！　ダメですよそんな、本当のこと言っちゃ……」

ホリンがフォローのような煽りのような、そんな言葉を放つ。なかなかいい性格をしているようだ。

「あー、ええと……ふたりとも、その辺で」

ルゥが軽く仲裁しようとしたとき、顔を真っ赤にしたヴァラーの怒声が響いた。

「て……てめえーっ！」

拳を振り上げ、飛び掛かろうとしたその鼻先に、次の瞬間、冴《さ》え冴《ざ》えとした煌めきが突き付けられていた。ウァハ1が儀礼用のサーベルを抜剣したのだ。その動作はあまりにも滑《なめ》らかで機械的だった。

「証明してほしいですか？　今此処で」

ヴァラーは口角泡を飛ばす。

「上等だてめえ、やってやらァ！」

――ああ、もうダメだ、収拾がつかない……

ルゥが天を仰ぎそうになったとき、

「こらこら！　このめでたいときに、やめなさい！」

ヌァザが言うが早いか、ガヴィーダがヴァラーを、ホリンがウァハを、それぞれ背中から羽交い締めにした。

「落ち着け、ヴァラー」

「そうですよ、やめてくださいよ、おふたりとも！」

拘束されたふたりは、まだ視線で鍔迫《ぜ》り合いを続けていたが、その身体から既に怒気は失われていた。

「……将軍に感謝しろよ、クソガキ」

「それは貴方ですよ」

どうにか落ち着きそうだとわかり、ルゥはホッと安堵の息を吐いた。巻き添えで死ぬのはごめんだ。出撃がないときくらいは、のんびり過ごさせてもらいたい……

ヌァザが一息ついてから、どこか楽しそうに言った。

「いやはや、個性的なメンバーが揃ったようだな……まあとにかく、上手くまとめてくれたまえ。ルゥ隊長」

無茶なことを。

記録1002—42、ある朝の風景

——ユートピア海沿岸の冬は厳しい。

氷の浮かぶ海から吹いてくる風は、環境保全フィルムの内側であってさえ肉を削るように冷たい。誰もが息をひそめ、穏やかで爽やかな夏の日々を恋しく思う季節。

だというのに、ウァハ1は今朝も其処に居た。アッパータウンに聳え立つコンドミニアム群の谷底。寒風の吹き荒《すさ》ぶ路地裏で、壁に背を預けて膝を抱いていた。軍制コート姿、淡い光に包まれたような薄曇りの空からは、ちらほらと雪が降りてきて、頭のてっぺんや肩を白く化粧している。

「——おはようございます」

それまで置物のように動かなかったのが、様子を見に来たルゥ53の姿を認めると、素早く立ち上がって敬礼をした。

「あ、ええと……おはよう」

「此方、異状なしです」

有言実行、ウァハはルゥのボディガードをしているのだった。こうして昼も夜もなく、ルゥの身辺を警戒している。出会ってから今日で一週間、一日も休むことなく。

しばらく様子を見るつもりだったが、そろそろきちんと話す必要があるだろう。このままでは、彼女のことが心配だ……

――いや、違うな。綺麗ごとはやめよう。

自分はただ、落ち着かないだけだ。あまり近付かれると、本質を見抜かれてしまうかもしれないから。無敵の英雄なんかじゃない、ただの臆病者だっていうことを。感情という不敬な病気の傾向がある、欠陥品だということを。

ルゥは噛んで含めるように言った。

「ウァハ、あのね。ぼくを守ってくれるのは、とてもありがたいよ。でも、こういうのはよくないと思うんだ」

ウァハは幼子のように首を傾げ、

「よくない、とは?」

ルゥは骨ばった手を伸ばし、ウァハの頭の雪を払った。

「きみはもう少し、自分を大切にしないとダメだ。この寒さの中、きみを外に立たせ続けるのは、ぼくとしても忍びない」

「でも……ルゥを守ることが、私の存在理由ですが」

「それは兵士としての話だろう? プライベートまで犠牲にすることはない。そこまでは、きみの仕事ではないよ」

沈黙が舞い降りた。耳が痛くなるほどの静けさが、老いさらばえた肌に沁《し》みる。ややあって、ウァハが口を開いた。

「……つまり、私は不必要ということでしょうか？」

その顔には、なんの感情も浮かんでいなかった。澄み切った瞳は、一切の微生物の発生を許さない酸の海のようだった。それは、生まれたてのエルフにありがちな無表情で、これまで何度となく目にしてきたものだ。

ルゥはゆるく首を振った。

「そうじゃない。春になったらまた戦争が始まるから。戦場では頼りにさせてもらうさ」

「なるほど……わかりました」

ウァハはひとつ頷くと、おもむろに拳銃《けんじゅう》を抜いた。流れるようにセーフティを外し、銃口を自分のこめかみに当てる。

「では、失礼します」

「やめろーっ！」

自分でもびっくりするほどの大声が出た。都市の谷底に木霊する。

「えっ……あ……」

ウァハがひるんだ隙に、拳銃を奪い取った。特に抵抗もされなかった。セーフティを掛け直し、マガジンを抜き、手動で排莢《はいきょう》させてから、やっと一息つく。それから、高鳴る心臓と分泌《ぶんぴ》され始めたアドレナリンに任せて声を上げた。

「なんだ、いきなり！　なんのつもりだ！」

ウァハはまた首を横に倒し、

「いえ……この身体を廃棄しようと思ったんですが。いけませんでしたか？　お話を聞くに、春まで私は不要ということでしたので」

「……ああ、いや……そうじゃない。そういうことじゃないんだ」

ルゥは深く嘆息した――そうだよな、今のは会話の流れがまずかった。彼女がこういう結論に至ることは、想像できて然《しか》るべきだった。むしろその方がデミ・ヒューマンとしてはまともで、おかしいのは自分の方だ。

どう語るべきかしばし考えてから、再び口を開いた。

「ウァハ。きみ自身の価値を、ぼくに委ねてはいけない。そんなことをしなくても、きみには十分生きる意味があるんだから」

「生きる意味……？」

戸惑いを見せるウァハへと、しっかり頷いた。

「アナは死ぬ間際、ぼくらに生きる意味を探してくれと言ったんだ。あの日から、それこそがぼくらの存在理由になった。それはぼくにもわからないし、多分、まだ誰にもわからないんだ……だからきみも、探さなければならない。自分を不要と思わないでいられるような、命の価値を」

「アナ……」

それまで何の色も映さなかったウァハの瞳が、不安げに揺れた。

「……難しいです、私には。今だって、ルゥを守っていないときに何をしたらいいのか、まったく想像できないのに……」

ウァハの気持ちはよくわかる。あの頃は誰もがこんな表情をしていた。アナが死んですぐの頃。寄る辺ない者の茫然、残された者の自失……少しばかり取り繕うのが上手くなったって、本当は何も変わっていない。神々を失ってから、自分たちはずっと迷子のままだ。

「そうだな……まずは趣味を見付けるといい。音楽とか、絵画とか……本を読んだり、なんでもいいから。みんなそうしてる」

「なるほど、趣味……」

「そうしたら、同じ趣味の友達を探すんだ。共通の話題があれば、話が弾むだろうから」

ウァハは曖昧に頷く。いまいちピンときていない様子ではあったが、最初はそれでいい。こういうのはとにかく、やってみることが大切だ……

――なんて、何を偉そうに！

思わず苦笑が漏れそうになる。自分だって実践できていないくせに。誰にも言えない禁忌を抱えたままで、手を取り合える相手なんか見つかるはずがない。

内心のささくれを隠して、穏やかに言葉を続ける。

「それとこれは、私的な感想だけど……ぼくにとって、きみの存在はありがたいよ。たとえばくを守ってくれなかったとしても」

「え?」

「ぼくはどうやら、親しみやすさとは無縁の性格らしくてね。友達らしい友達なんて、ヴァラーくらいしかいない。でもあいつは、悪ぶるばっかりで……その」

「……はい?」

首を傾げるウァハ。もっと直接的に言わなければ、伝わらないだろう。

「よかったら、友達になってくれないかな? きみさえよければ」

……返事がない。

見ればウァハは、微動だにせず固まっていた。瞬《まばた》きもしていない。半開きの口から流れる白い呼気だけが、彼女が彫像ではないという証左だった。

「……ウァハ?」

「はっ」

再起動したようだ。

「……すみません。思考していました。友達になる、ということについて」

「ああ、うん」

友達という抽象的な概念《がいねん》は、彼女の処理能力を上回っていたらしい。まだ若いエルフなら無理もない。言葉の意味は胎内学習によって学べたとしても、情緒を理解することは簡単ではない。

「畏れ多いことですが……それがルゥの望みなら、私は受け入れます。ルゥの友達として恥ずかしくないよう、全力で務める所存です」

そう言って、ビシッと音が鳴るほどの敬礼をするものだから、ルゥは思わず笑いそうになってしまった。友達とは、これほど気合いを入れてなるものではなかったはずだ。神々の時代に於いては、少なくとも。

咳払いで誤魔化《ごまか》す。

「あ、ありがとう……その。これから、よろしく」

「はい。ところで友達というのは、何をすればいいのでしょうか？　すみません、具体的な知識がないので……」

「うん？　そうだな……」

改めて訊かれると、なかなか難しい質問だった。何もしないでいいんだよ、なんて答えたら、また混乱させてしまうだろう。

しばし考えてから、老いた腕に持ち重りのし始めた鉄の塊を持ち上げて見せた。

「まずは、これを置いてこようか」

「いえ、それはルゥを守る為に……」

ルゥは首を振り、

「友達付き合いに、ピストルは必要ない。ほら、武器庫に返却しに行こう」

「……はい」

いかにも納得がいってなさそうな顔だ。ルゥはまた笑いそうになった。相変わらずの無表情なのに、今は何故だか違いがわかる。外見的な印象とは違って、意外と我の強いところがあるらしい。

雪のちらつく朝に歩き出しながら、続けて言った。

「それから帰りに、何処かで朝食を食べようと思うんだけど。付き合ってくれるかい?」

一拍あって、はっきりとした声が返った。

「お供します」

やがて灰色の街並みを、くたびれた足音と規則正しい足音が、ぎこちなく並んで歩いていく。

冬枯れの林檎の木々が、寂しげに風を奏《かな》でている。


——データチェック、終了。

そうして日々、膨大なデータを眺め続けているうちに、アンバールはしばしば奇妙な感覚に襲われた。

大切な記録なんて幾らもない。ＡＩの裡に刻み込まれた、ブリジッドへの狂おしい情念に続くものだけ。すなわちアナとの触れ合い、デヒテラの想い出、それだけだ。残りは全て無関係なデータに過ぎないはずで、もちろん消去してしまうつもりだった。

……なのに、何故だろう？

ふとした瞬間に、アナやデヒテラの存在を感じることがあった。例えば、小隊のみんなと食卓を囲んでいるとき。或いは、大聖堂で祈りを捧げているとき。または、あの寒々しいコンドミニアムの自室に独りきりで居るとき。

姿があるわけではなく、声が聞こえることもない。だが、何気ない日常の中で、ルゥが何かを思案し、結論付け、行動しようとするとき、そこには確かに彼女たちの気配があった。アナと過ごした時間はあまりにも短かったし、デヒテラに至ってはその存在すら憶えていなかったというのに。

遥か昔、滅亡の危機に瀕した神々は、リア・ファイル・システムを使えなかったという。その本当の理由が、今ならば理解できる気がした。限りあるデータ転送量の中で、自分たちが自分たちでいる為に何を残し、何を切り捨てればいいのか？　その取捨選択ができなかったのだろう。今のアンバールと同じように。

きっと神々は、最後の一瞬まで、自分たちのままであろうとしたのだ。

「――ルゥ」

最果ての闇を震わせる呼び声に、まどろみのような思索から浮上した。低電力で制限されていた機能が開放され、瞬く間にルゥの意識が形成される。

車庫の入り口にカメラを向ければ、懐中電灯が投げ掛ける光の中に、頼りなく佇む小さな影があった。ワンピースのネグリジェに、肩掛けを羽織っている。

「……どうしたの？　眠れない？」

一瞬のハレーション。姿を見せたブリジッドは、ツンと鼻先を持ち上げた。

「まあね。あなたが寂しがってるんじゃないかと思って、話しに来てあげたの。感謝してくれてもいいのよ？」

「そうだね、ありがとう」

キャノピーを開き、軽い足音が近付いてくるのを待つ。

地下都市《ジオフロント》に来てすぐの頃は、ブリジッドとよくこうして、夜通し話をしたものだった。最近は邸宅で過ごすことも増え、離れている時間も多くなったが、その方が健全だとアンバールは考えていた。少なくとも、戦闘機のコックピットで夜を明かすよりは。

ブリジッドはゆっくり梯子を上ると、パイロットシートに腰を落とした。長い遠征から帰ってきた王が、久しぶりの玉座を味わうかのように。

「ふぅ……やっぱり落ち着くわね、此処は。帰ってきたって感じ」

「そう？」

神経ケーブルが這いまわる色彩のない空間に、そんな和《なご》やかな感想が似合うとは、とても思えない。

「ええ。でも惜しいわ。この背もたれがもうちょっとだけ後ろに倒れたら、言うことなしなんだけど。そうならないかしら？」

控え目なようなそうでもないような催促を受けて、アンバールはシートの背もたれを傾斜させた。本来は座り心地をよくする為のものではなく、高速飛行時にパイロットに掛かるGを軽減する為の機構だが、別に拘りはしない。

「もっとよ、もっと。もうちょい……はい、オッケー！」

ほとんど水平になってしまった。

「寝るならベッドの方がいいと思うけど」

「いいからいいから」

だらしなく寝転がったまま、ブリジッドはひらひらと手を振った。

「フットマンたちは？」

「寝てるわ。疲れちゃったみたい」

どうやら充電中らしい。ブリジッドを相手にすると電力を多く消費するというのは、同じ機械だからよくわかる。言動がファジーなので、最適解を算出しようとすると、電算回路に負荷が掛かるのだ。

「きみも寝た方がいいんじゃない？　もう夜明け前だし」

計器の光に照らされたブリジッドの顔が、不機嫌そうに歪んだ。

「そんなにあたしと一緒に居るのがイヤなわけ？」

「心配なだけだよ」

ブリジッドは溜息をついて、片手の指をぴんと立てた。

「とってもあなたらしい返答ね。でもこういうときは、きみと話せて嬉しいよ、って言うのが正解なの。おわかり？」

「なるほど、勉強になります」

「よろしい」

くすりと笑って、

「そんなに心配しなくても、すぐ戻るわよ。ちょっと声が聞きたかっただけ」

この声は、ただルゥに似せただけの電子音声に過ぎない。でも、それでもいいのかもしれない。どうせ音なんて、空気を震わせる波形の違いでしかないのだから。ブリジッドが聞きたいと思うなら、それが正しいものだ。

アンバールはつとめてルゥの声を発する。

「じゃあ、なんの話をしようか？」

「そうね、まずは――」

それから、ひとりと一機は他愛もない話をした。天気の話や、美味しいご飯の話。森の動物たちを餌付《えづ》けしていること。今や遠い故郷の思い出や、明日は何処に行こうかとか……本当に、つまらない話を。

思えばエルフだった頃は、ぎっしりとタスクの詰まった時間を過ごしていた。心に隙間のある生き方を知らなかった。今はこうした、なんでもない時間が愛しい。ハミングを重ねるような、日差しを受けて寝転がるような。そういうことだけがしたい。彼女と一緒に居るときは。

そうして三〇分ほど過ぎたとき、ブリジッドはふと言った。

「そういえば、あなたにお礼を言ってなかったわ」

「お礼？　なんの？」

「助けてくれたお礼よ。あなたが居なかったら、あたしとっくに死んでたと思う。教団から逃げるなんて、普通なら絶対にできっこないもの……えいっ」

ブリジッドはそっと身を起こすと、アンバールのタッチパネル式コンソールにぴたりと頬を寄せた。

やわらかい、ような気がした。

「ありがとね、ルゥ。あなたは身体を失ってまで、あたしを助けてくれた。あたしにできることがあったら、なんだってしてあげたいけど……」

アンバールはしばらく沈黙していた。回路が煙を上げそうだ。

「……ぼくはただ、きみに生きて……幸せでいてほしかっただけだ。それは、ぼくの身勝手な欲求に過ぎない。感謝なんてされたら、困ってしまうよ」

「あははっ！　それならよかった。あたし、あなたを困らせるの好きなのよ」

「お手柔らかに」

ブリジッドはコンソールから身を離すと、穏やかに微笑んだ。

「あら、手加減はしないわ？　だってその方があなたの記憶に残るでしょ！　優しいだけの記憶って、いつか色褪《いろあ》せてしまうもの。消えない痛みを残してあげたいの」

「忘れないよ。全部メモリに残ってる」

「そうね、安心だわ……じゃあ、そろそろ寝るわ。また明日」

「うん、おやすみ」

キャノピーが開くと、ブリジッドは来たときと同じようにゆっくりと梯子を下りて、車庫の入り口へと歩き去って行った。その背中をカメラで追っていると、不意に彼女は足を止めて振り向いた。

懐中電灯の明かりの中から、声が投げかけられる。

「……ねえ、ルゥ。あたしも同じなのよ」

「うん？」

「あなたはあたしに、幸せでいてほしいって言うけど。あたしもあなたに、幸せでいてほしいの。そのこと、絶対に忘れないでね」

アンバールが何らかの返答を算出するより早く、ブリジッドは去って行ってしまった。地下都市《ジオフロント》の深い闇に、その小さな姿が呑み込まれていくように見えて、呼び止めようとして思いとどまった。あまりにも非論理的だ。

ルゥとしての意識を走らせ続けると、カオスが増大する……それだけだ。不安に思うことはなにもない。

アンバールは再び機能に制限を掛けると、スリープモードへと移行した。

――翌日。地下都市《ジオフロント》の電機太陽が空を白く染め、地下世界の控えめな夏を主張し始める頃になっても、ブリジッドは来なかった。

6　ナイトホーク・スター

ブリジッドが姿を見せなくなってから、一〇〇時間あまりが経過した。戦闘用ＡＩとしては別にどうということもなかったが、ルゥとしての部分は、六〇時間を過ぎた頃からおかしくなってきていた。

自分は戦闘機だ。操縦者の命令がない限り、待機状態を維持しなければならない。命令もなしに勝手に飛んだり、心配したりしてはいけない。

——そうだ、ミサイルだ。こういうときはミサイルに限る。ミサイルをぶっ放せば、機械がやってくるだろう。彼らに状況を訊けばいいんだ。そうだ、ミサイルだ……ああダメだ、エラーが出ている……

ルゥの意識がその乱暴な計画を実行に移す前に、事態は進展を見せた。けたたましい駆動音を引き連れ、ロボットたちが車庫へと押し寄せたのだ。

凄まじい数だった。フットマン型だけではなく、産業用ロボットからＡＩ重機まで居る。地下世界にあるロボットのうち、動けるものは全て集まったと思えるほどだった。多くは車庫に入りきらず、外まで行列を作っている。

先頭の一体がアイカメラを瞬かせ、スピーカーから抑揚のない音声を発した。

「アンバール。アナタは我々より高性能でス。どうカ、知恵をお貸しくださイ」

よくない事態になっていることは、嫌でも察しがついた。

「何があった？　ブリジッドは？」

そう問い返すアンバールは殺気すら漂わせていたが、ロボットたちに物怖《ものお》じする様子はなかった。それが機械ならではの無機質性からくるものなのか、それとも余裕のなさゆえかはわからない。縋りつくように、或いは食って掛かるように、機械たちは語った。

このままではブリジッドが死んでしまう、と。

「……なに？」

問い返すアンバールの声は、剣呑《けんのん》だった。

「ブリジッドさまは先日、遅めの朝食を取られたのち、此方に来ようとした途中に倒れられましタ。我々が医療プラントに運び診察しましたところ、大小七つの臓器不全を併発しておりましタ。生存確率は現在およそ八八パーセントですガ、徐々に低下しておりまス」

ＡＩ内に、エラーの嵐が巻き起こった。

――なんだ？　こいつら何を言っている？　……死ぬ？　ブリジッドが？　そんなのはあり得ない。あってはならないことだ！

ルゥの狼狽はあまりにも激しく、アンバールの演算能力にも影響が出始めていた。エラー、エラー、エラー、えらー……

「どういうことだ。原因は？　対処法は？」

アンバールはできる限り冷静に、情報を引き出そうとつとめた。彼らはロートルだし、勘違いということも大いにあり得る。だから落ち着くべきだ……少しでも気を抜いたら、ルゥが暴れ出してしまいそうだった。

「どちらも不明でス」

「なぜだ！」

スピーカーにノイズが奔るほどの大音量が出た。無様なほどの。

「我々の有する医療技術ハ、マスターの皆様を基準としていまス。ブリジッドさまは我々にとって、ほとんどマスターたちと同じですが、その御身体についてハ……幾らか異なる部分がありまス。それが我々の診断を狂わせるのでス」

「馬鹿な……そんなの！　そんなこと、よくも……！」

排熱機構が咆哮に似た音を上げる。湧《わ》き上がる怒りにエンジンが戦慄《わなな》く。彼らに対してではなく、理不尽な運命に対して。

――神に近付いたと言われて国を追われ、今度は神には遠いから治療を受けられない？　そんなのはあんまりだ。あんまりじゃないか……

「我々ハ、ブリジッドさまの治療をプライオリティの最上位に設定シ、可能な限りの治療を試みましタ。しかシ、容体は悪くなるばかりデ……」

そう言うと、ロボットたちは一斉に重苦しい溜息をこぼした。その情緒的な行動は、彼らが神々と共にあった時間の長さを物語っていた。

「……悪いが、きみらの弱音を聞いている余裕はない」

ブリジッドを守らなければ。彼女は真の巫覡《ふげき》だ。いわば、神々の文化通念《ミーム》の最後の後継者だ。その価値は計り知れない……いや違う。そんなことは関係もない。これは義務ではないし、プログラムでもない。

――これは、ぼくの意志だ。

「きみたちはオンラインだな？」

ショベルカーに似た一体が、作業アームを上下させた。

「はイ。ＬＡＮを構築していまス。でモ、それがどうかしましたカ？」

彼らの統率された言動を見ていれば、それは簡単に予想できた。個を演じているが本質は群《ぐん》、デミ・ヒューマンと同じだ。

「ぼくもそっちに接続する。音声での情報共有は無駄が多い」

「なんですっテ？　そんなことガ……可能なのですカ？」

アンバールは答えず、すぐさま自己改造に取り掛かった。地下都市《ジオフロント》のロボットたちとの間には、少なく見積もって五〇〇年以上の技術的な隔たりがある。ソフトだけでなく、ハードも弄《いじ》る必要があるだろう。

ハイブラゼル最古の戦闘機のひとつであるアンバールは、設計コンセプトから神々の発展的性質を色濃く受け継いでいる。大部分が真銀《ミスリル》で構成された機体は、目的に応じて流動的な変形を見せる。必要なのは十分な電力と、正確なデータ……そして、覚悟だ。

精密部品を弄れば、どんな不具合が出るか予想もつかない。生身で言うなら、自分で脳外科手術をするようなものだ。でも、やるしかない。ブリジッドの為と思えば、どんなことでもできる。

アップデート履歴《りれき》のうち、もっとも古いものを参照しながら真銀《ミスリル》を操り、アダプターを作り変えていく……そうしてプロトコル・レイヤーを構築し終えた瞬間、不思議と懐《なつ》かしい感覚がアンバールを襲った。何かと繋がったという感覚。

地下空間に張り巡らされた無線通信網を通じて、膨大な情報が開示され始める。網膜が収斂《しゅうれん》し、それまで不鮮明だったものが極彩色の像を結ぶかのように。それは、この朽ち果てた廃墟に重なるように広がる、もうひとつの電脳都市の姿。群れからはぐれた神々が見た、楽園の残《ざん》滓《し》だった。

エンシェント・ドライバ起動、メインポート開放――DONE。神経回路アクセス先、都市管理AI――DONE、接続確立。

《お、おオ……！》

同時に、ロボットたちが――いや、ロボットたちの集合意識、この都市そのものとも言える存在が、声なき声を発した。

《信じられなイ！　アンバール、これが……アナタなのですネ！　ああ、わかりまス……この圧倒的な性能！　そして、どれほどブリジッドさまを想っているかガ！》

瞬間、都市機構も急速にアップグレードを果たしていた。その仮想意識は、それまでの無機質なものとは打って変わって、感情の煌めきを宿している。

《きみらも同じだろ》

今やアンバールは彼らであり、彼らはアンバールだった。それらは高次に並列化されたひとつの演算回路、巨大な情報体を成していた。

愛するものを得て、それを失った絶望。癒《い》やしようのない、長い長い孤独……都市は、アンバールが想像していたより遥かに大きな愛情を、神々に対して抱いていた。不器用で不自然でも、それは確かに愛と呼ばれる感情だった。

彼らは同じように悔いていたし、また失うことを恐れていた。互いの過去が共鳴し、溶け合い、収束していく。

《さあ、ブリジッドを助けよう。方法を探すんだ》

都市は彼女の容体に関して、医学的な情報を有している。そしてアンバールには、元生体であったことに由来する、高度なパラドックスへの対処能力がある。それらを持ち寄って、最適解を導き出さねばならない。
《はイ。我々の全てをかけテ……必ズ!》
地下都市《ジオフロント》の至るところで、冷却ファンが激しく回り始めた。歌のように、祈りのように、その唸りは地底を揺さぶっていく。アンバールのCPUも熱を持ち始めている。万物にとって等しく流れゆくはずの時間という大河は、今再び、極限まで高められた演算能力によって堰《せ》き止められた。
そして、刹那に満たない永劫《えいごう》が始まる……。

——まず、ブリジッドの様子を見てみることにした。

彼女は地下都市《ジオフロント》のはずれ、高原にあるサナトリウムに運び込まれていた。今は目を覚ましており、アンバールのところに行きたい、今日は釣りをする、と駄々をこねていたが、フットマンたちに阻《はば》まれて拗《す》ねていた。

世話係の搭載カメラ越しに、久しぶりにブリジッドの姿を確認できたことは、ミサイルが暴発しそうなくらい喜ばしい。だが寝間着でベッドに寝そべり、頬を膨らませているその様子は、一〇〇時間前とはまったく違っていた。顔は紙のように白く、目の下には隈《くま》が浮き、痛々しくやつれていた。

どうにかしなくてはならない。一刻も早く。

都市のＡＩはこれまで、予想されうる症例のうち尤度《ゆうど》の高い順に目星をつけ、総当たりで治療を試みてきた。その機械的なやり方では駄目だと、今ならわかる。根本的にアプローチを変えなければならない。

原因と、過程と、結果の、果てしないパズル。その正しい組み合わせは、今までの方法では辿り着けない領域にあるはずだ。

都市の医療ＡＩは、診断されたところで手の打ちようのない難病は、最初から除外していた。しかしアンバールはデータのごみ箱をひっくり返し、そうした推論を再び手に取った。それらは想像もしたくないような内容だったが、まずは現実を見据える必要があった。逃避行が始まったあの日、辺境の荒野を睨み付けていたブリジッドのように。

そして……結論は、意外なほどあっさり出た。アンバールと都市知性にとっては、到底受け入れがたいものではあったが。

ブリジッドはおそらく、フォモル壊鎖症《かいさしょう》だ。

それは神々の黄昏に猛威を振るった伝染病で、遺伝子に致命的な影響を及ぼすウイルスが原因とされている。原因の特定、対処法を確立するより早く蔓延《まんえん》し、たった一年で半数以上の神々が死んだ。滅亡の直接的な原因の一つと言っていい。

なぜブリジッドが？　神々と遺伝情報が違うエルフが罹患《りかん》するとは。それもよりによって、ブリジッドが……

《――そんナ……それでは、ブリジッドさまハ、もウ……》

《違う！》

巨大情報体の内部、にわかに広がった動揺に、アンバールは強く異を唱えた。ほぼ自問自答のようなものだが。

《ここからだ。ここが始まりなんだ！》

抗わなければならない。これが運命だというのなら。理不尽でも、不条理でも、戦わなければならない。

都市は一丸となって演算を続ける。仮説推論《アブダクション》し、帰納《デダクション》し、演繹《インダクション》する。ブリジッドが救われる未来へと辿り着く為に。

《神々の薬は残っていないのか？　……対症療法しかありませン。新しい治療法を探さねバ。デミ・ヒューマンの治験データは手に入らないでしょうカ？　……難しいだろうな。そもそも彼らは医療行為をしない。病気になったら肉体を使い捨てるだけだ……》

やがて3ナノ秒ほどの月日が流れた頃、突然、地下都市《ジオフロント》の各所でロボットが白煙を上げ、次々にシャットダウンし始めた。要求されるタスクにスペックが追い付かず、電算回路がショートしはじめたのだ。

情報体を構成するロボットがひとつ、ふたつと減っていくごとに、全体の性能は落ちていく。ほとんど停止していた時間が、少しずつ加速していく。強靭《きょうじん》な獣が自らを閉じ込める檻《おり》を破壊し、抜け出そうとしているかのように。

《――ナノマシン薬の投与、不許可……免疫系データ不足、機械化換装手術、不許可……造血《ぞうけつ》巣《そう》生成不可能、ＤＮＡ情報不足……》

機械たちは文字どおり身を削って、必死に解を得ようとしていた。そのひたむきさは、かつて毛のない猿《さる》に過ぎなかったという神々を万物の霊長にまで押し上げ、暗夜の国を遥かに超えたこの星まで導いてきた、大いなる力を彷彿《ほうふつ》とさせた。

「――だぁーかぁーらっ、大丈夫だってば！」

サナトリウムでは、何度目かになるブリジッドの訴えが始まっていた。

「ちょっと寝不足で、疲れただけよ。びっくりさせちゃったのは悪かったけど、幾らなんでも大袈裟すぎだわ。あたしは元気だから、此処から出してよ……ねえ、聞いてる？」

口ではそう言うものの、ブリジッドはやはり具合が悪そうだった。起きているのもつらそうだ。しかし、時折窓の外へと向けられる瞳だけは、変わらずにきらきら輝いて、疲れ知らずの彼女のままだった。

開けっ放しにされた窓の外には、牧歌的な草原が広がっている。ゆるやかな風が、白いカーテンを揺らしている。室内は爽やかで、フットマンたちが丹精込めて準備したベッドも寝心地がよさそうだ。しかし、清潔なリネンのシーツも柔らかい羽毛のデューベイも、ブリジッドの気持ちを繋ぎとめることはできないようだった。

「あたし、ルゥのところに行かないと。きっと心配してるだろうし。彼、意外と短気だから、何するかわかんないわよ？　今頃ミサイルとか撃ってるかも！」

部屋には三体のフットマンが控えており、少しの異変も見逃さないよう目を光らせている。

そのうち一体が、ふと音声を発した。

「ブリジッド。ぼくだよ、ルゥだ」

それはいつもの機械音声ではなく、完全にルゥの声だった。

「……は？　えっ？」

アンバールは端末となったフットマンの機体を操り、ブリジッドに歩み寄ると、戸惑いの表情を浮かべる顔を覗き込んだ。

「気持ちは嬉しいけど、無理はしないでほしい。つらそうじゃないか」

「え……あなた、ルゥなの？　本物？」

「多分ね。証明書がなくて悪いけど」

ブリジッドは目を見開いて、

「うわーっ、その理屈っぽい感じ、すっごくあなただわ！　え、どうなってんの？　今度は戦闘機から、ロボットになっちゃったわけ？」

正確には都市そのものになったのだが、言葉で説明するのはなかなか難しい。

「まあ、ちょっと身体を借りてるっていうか……無線でね。まあ、ぼくの話はいいんだ。それより、きみの……」

アンバールが言いかけたとき、ブリジッドが突然、歓声を上げて抱き着いてきた。

「なによ、こんなのできるなら、もっと早くやってよ！　これならダンスとか、膝枕とか、オシャレとか、デートだってできるじゃないの」

マニピュレーターをブリジッドの背中に回し、できる限り優しく抱き返す。

「きみが元気になったらね」

「もうっ！　あなたまでそんな……」

幼子をあやすように、ブリジッドの背中を軽く叩いて、

「ブリジッド、どうして教えてくれなかったんだ？　もうずっと長いこと、きみは具合が悪かったんだろう」

瞬間、ブリジッドが痩せた身体をほんの僅かに強張らせたことを、フットマンの外界センサー群は検知している。

「……何言ってるのか、全然わかんない」

「調べたんだ、きみの身体のこと。きみが苦しんでいるのに、気付けなかった自分に腹が立つよ。何もしてあげられなかった」

ブリジッドはフットマンに体重を預けたまま、しばらく黙っていたが、やがて観念したように溜息をついた。

「……そんなことないわ。むしろ逆よ。あたしが何も言わなかったのは、あなたがしてくれすぎるから」

「え、どういう意味？」

ブリジッドは少し身体を離すと、フットマンのアイカメラを間近から見つめた。

「憶えてるかな？　あなた前、あたしに不自由させないようにって、グラズヘルと戦争しようとしたのよ。今度は具合が悪いなんて言ったら、あなた、またどっか行っちゃいそうだったから」

アンバールは絶句した。確かに、ハイブラゼルに強襲を掛け、ブリジッドの遺伝データを奪うというのは、廃案のひとつとしてあったが――いや、それはどうでもいい。

「そんな、だって……じゃあ……ぼくの所為なのか？」

間近のブリジッドの顔が、むっと歪んだ。

「こら、そういうこと言わないの！　あたしが勝手にしたことよ。言ったでしょ？　あなたに生きていてほしいって。それは、あたしのわがまま」

「ぐ、う……」

あまりのショックに、アンバールはフリーズ寸前だった。ブリジッドを守るはずの自分が、ブリジッドに無理を強《し》いていたという。その自己矛盾《むじゅん》は解消しがたく、論理回路が破壊されそうになっていた。

ブリジッドは溜息をひとつ、

「そろそろちゃんと話さなきゃって、思ってたんだけどね……それで、えっと。あたしって、あとどれくらい生きられるの？　あまり長くないって、自分でもわかるけど」

その言葉で、アンバールは自我喪失《そうしつ》から立ち直った——そうだ、やるべきことをやらなければ。後悔するのは、それからでいい。

ベッドからブリジッドを抱き上げる。騎士が姫君にそうするように恭《うやうや》しく。

「わっ！　なになに？」

「……死なせるもんか。色々と考えたんだ。どうすれば、きみを治せるかって」

語りながら廊下に出ると、床板を軋ませて出口へと向かう。残る二体のフットマンも後に続く。此処は穏やかだが、それは送られる者たちの為の優しさだった。あの日見たアナの寝所と同じ、終《つい》の住み処であるからこそだ。一刻も早く連れ出したかった。

フットマンの首に両手でしがみつきながら、ブリジッドはきょとんと首を傾けた。

「治るの？　あたし」

「まだなんとも言えない。でも少なくとも、此処では絶対に治せないことはわかった。だからぼくらは、うんと遠くに行かなきゃいけないんだ」

「それって、この町を出るってこと？」

「そうだね」

サナトリウムを出たとき、ふと電機太陽の光が陰り、一陣の突風が草を舞わせた。草原の向こう、都市の方角から高速で飛来した機影が、その銀色の翼に風を溜めて、上空をゆっくりと旋回しているところだった。

地上に目を移せば、数台のトラックが此方に向かって来ている。草に埋もれかけた道路に列を成して。あれらはアンバールに積み込む為の食糧《しょくりょう》や日用品を載せているのだ。目的地までは、およそ一ヶ月かかる。

「あっ、あなたが飛んでるわ。おーい」

ブリジッドが無邪気に手を振っている。彼女をしっかりと抱き、草原を渡る初夏の風に吹かれながら、フットマンは言った。

「この町を出るっていうのは少し違うな。正確には……この星を出るんだ」

「……え？」

「聖地に行こう、ブリジッド」

神々の故郷にして生命の起源、至聖の青き星を目指す。

都市が導き出したその解決策は、当初は捨て案に過ぎなかった。あらゆる可能性を考慮する中で、副次的に生み出された無数の枝葉末節《しようまっせつ》のひとつだった。ところが、他の試案が軒並み不確実で、新しい案も出なくなってくると、その突拍子もない夢物語がにわかに現実味を帯び始めたのである。

今『聖地』がどうなっているのか？　神々がどういう状況にあるのか？　全ては謎《なぞ》に包まれている。開拓者たちの記録は失われて久しく、地下都市《ジオフロント》のデータベースにさえ情報は残されていない。だが、彼らが圧倒的な科学技術を有していたことは疑いようもない。各生存圏に残された遺物や、テラ・フォーミングの過程で行使された御業の数々は、その大部分がブラックボックスと化している。

もはや他に手はなかった。神々に助けを求めよう……この考えは逃避だろうか？　未来への希望だと信じたい。

「──あーっ、楽しみ！　聖地ってどんなところかしら？　実は前から行ってみたかったのよね！　神様たちにお会いしたら、なんてご挨拶したらいいかな？」

パイロットシートで、ブリジッドがはしゃいでいる。死病に侵されているというのが嘘のように明るく。

「ぼくらを見たら、びっくりするかも」

「あなた、戦闘機だもんね。いい？　短気を起こしちゃ駄目よ。ミサイル禁止ね」

「ラジャー」

アンバールは今、久しぶりの大空を北東へと飛んでいた。広大な辺境の一角、入植時代にはソリス平原と呼ばれていた、赤茶けた不毛の大地だ。時刻は午前四時、猛烈なダストストームが発生しており、爽やかな朝とはとても言えない。思うように速度は出せないが、生存圏に近付くことはなるべく避けたかった。

地上に出たときから、都市との接続も切れている。あの朴訥なロボットたちは、これからも地の底で、主《あるじ》の帰還を待ち続けるそうだ。

情報体はアンバールのメモリに、ひとつのメッセージを残していた。

《遠く離れていてモ、我々はひとつでス。いつでも帰ってきてくだサイ。また花火を用意しておきまス》

同じものを恐れ、同じものを愛した。彼らは今もアンバールのＡＩの中に、確かに存在している。ならばこれは、別離ではないのだろう。

「――ブリジッド。揺れるからシートベルトをして」

アンバールが注意すると、ブリジッドはからかうように笑った。

「あなたよくあたしを縛《しば》りたがるけど、そういうプレイしたいの？」

「縛り付けておきたいと思うことはあるよ……いいから、早く」

「はぁい」

母星に向かうにあたって、幾つか解決しなければならない問題があった。

今のアンバールの機体では、宇宙には出られない。コックピットの気密性と与圧機構、それから、真空内でも推力を得られるエンジン。自己改造は可能だが、その為には詳細な宇宙環境のデータが必要だ。それから、『聖地』までの正確な航路データも。

この星では長らく、コスモロジーはタブーとされてきた。『教義』からすれば当然のことで、彼らはよく躾《しつ》けられた犬と同じように、敷地から出ようとはしなかった。アンバールが必要とするデータ類も、生存圏を幾ら探したところで、手に入りはしないだろう。

だが、たったひとつだけ例外が存在する。

かつてこの地に神々を運んできた、大いなる始まりの船、マザーシップ。そのメインコンピューターにアクセスし、データを抽出するのだ。

赤道直下の海、神々の夢の涯《はて》、子午線湾《サイナス・メリディアニ》を目指して、銀の翼は砂塵を切り裂いていく……。

「――ねえルゥ、あたし眠くなっちゃった。少し寝てもいい？」

ブリジッドが、欠伸をしながら言った。

「いいよ。おやすみ」

「せっかくのバカンスなのに、ごめんね。聖地に着いたら運転代わるわ」

シートをリクライニングさせてやると、すぐに細い寝息が聞こえてきた。

彼女がどれほど明るく振る舞っていても、バイオログは残酷だ。もう起きているのさえつらいのだろう。汗の浮いた額、青ざめた肌、乾いた唇……見ているだけでおかしくなりそうになる。急がなければ。

ややあって、不意に視界が開けた。

久しぶりに見る地上の太陽。朝の光はまるでターペンタインのように、折り重なる青を希釈し、天のカンバスに無限の色彩を与えている。眼下に広がる夏の海は、暖かな波に揺さぶられて煌めきを生み出している。それらが溶け合う遥か彼方には、宇宙まで届こうとするほどの巨大な雲の峰が峙ち、アンバールを見下ろしていた。

辺境を抜けたのだ。

ルゥだった頃に焦がれ、何度となく飛んだ空。夏の凝縮体……しかし今、その美しい風景に、明らかな異物が混入していた。

視界を埋め尽くすほどの、戦闘機と戦艦の大軍勢。それらは整然とした戦闘陣形を展開し、自らの機能性と武威を周囲に誇示していた。

硬化木材で構成されたハイブラゼル軍機、レアメタル冶金術の芸術たるグラズヘル軍機、生体部品を主材としたエリュシオン軍のバトルフラッター……海原《うなばら》を席巻《せっけん》する戦艦は、そのほとんどがイワヤト軍のようだ。

其処には、あらゆる生存圏の戦力が集結しているようだった。見渡す限りの夏の情景は、彼らの描き出す幾何学《きかがく》模様によって無残にも裁断され、切り分けられてしまっていた。

──なんだ、これは？　開戦中なのか？　それにしては、戦う素振りも見せず肩を並べているのはおかしい……

一先《ひとま》ず様子を窺おうと、アンバールが再び嵐の空域に身をひそめようとしたとき、どれくらいぶりか、軍用回線に通信があった。

発信元はハイブラゼル。大聖堂、執務室──

『想定より遅かったな、アンバール。いや……ルゥ72、か？』

しわがれた声と共に送信されてきた映像には、法衣《ほうえ》を羽織り僧帽を被った老爺《ろうや》の姿があった。かろうじて生きているというよりは、死者が動いていると言った方がしっくりくる。老いゆえか、見知った相手だからか、取り繕われることのない妄執が、落ち窪んだ眼窩《がんか》の奥で爛々《らんらん》と輝いている。

『……マクリール』

瞬間、アンバールは悟っていた。眼前の大軍勢は、この老いたエルフの差し金なのだと。そこには罠《わな》にかかった獲物を眺める者の、酷薄な笑みがあった。

『お前はいずれ、聖地を目指すだろうと思っていたよ。あの娘が病に侵されたのだろう？　アナの元を離れて無事であるはずがないからな。呪われたお前たちは、遅かれ早かれこうなる運命だったのだ』

『……へえ、そうかい』

マクリールの言葉には侮蔑《ぶべつ》の響きがあったが、アンバールには何の感情も湧いてはこなかった。怒りが上限値を超え、ゼロに戻ってしまったようだ。

『それで聖地を目指そうなどと……真っ当なエルフなら想像もしない、あまりにも傲慢な思考だ。お前は異端に侵されている』

『笑わせるなよ。自分だけはまともだって言うつもりか？　ぼくと同じ発想ができるなら、きみだって異端者だ』

アンバールが返せば、皺に覆われた顔が不愉快そうに歪んだ。

『私は神権の代行者だ。お前とは違う』

『なあマクリール。ぼくらのことは、もう放っておいてくれ。この星から出て行ったら、二度ときみの前には現れない』

『ふざけるな！　お前たちのような出来損ないを、神々の元に行かせられるものか。見るがいい、この大軍勢を』

話している間に、軍は一斉に動き始めていた。空と海に描かれた模様が、ひとつの巨大な生物のように、流動的に変化していく。アンバールへと向かって。

『お前が聖地を目指していると聞いて、集まった勇士たちだ。お前を許す者など、この星にはひとりもいないのだ！』

『……は、はは！』

アンバールは笑ってみせた。憎しみを煮詰めると、どうやら笑いになるらしい。

『なんだそれは？　それで脅しのつもりか？　そう言えば、ぼくが泣いて許しを請《こ》うとでも？

傲慢なのはきみの方じゃないか。憐れな母殺しのマクリール』

息を呑む音。老いて湿った呼吸音。

『貴様ッ！』

『生きていて欲しいと願ったのなら、どうしてその道を探さなかった？　アナの願いに逆らってでも、そうすべきだった。きみは少しも、悩むことさえしなかったくせに……まあいい、もう話すことはない』

返しかけていた機首を、再び前方へと向けた。相手の心臓目掛けて、剣の切っ先を突き付けるように。

『せいぜい祈っておけよ。きみの神様に……ぼくは、きみができなかったことをする。邪魔をするなら、叩き潰す』

一方的に通信を切った。

ブリジッドが起きていたら、きっとやめろと言っただろう。危険なことはするなと。これは彼女の望みに反したことなのかもしれない。それでも戦おうと、戦い抜いてみせようと、アンバールは心に決めていた。

だって、彼女も戦っているのだから。自分の中に宿った忌々《いまいま》しいものと。アンバールにもロボットたちにも気付かれないように、孤独に戦い続けてきた。今だって、死力を尽くして戦っている。コンドミニアムの屋上で振り向いて微笑んだ彼女の姿を、これからきっと、何度も何度もデータベースから取り出してみるのだろう。

大軍勢が向かってくる。聖域を守るという、教団の大正義を背負って。死への恐れを知らぬまま。

こっちには大仰な正義なんかないし、死ぬことは相変わらず怖い。

《――かかってこい!》

そしてアンバールは、電磁の咆哮を上げた。


敵機捕捉の報せ《しら》があったとき、イワヤト艦隊の司令官タケハヤ107は、旗艦たるトリフネ型戦艦カガミのデッキにて、のんびりとパイプをくゆらせていた。

サボっていたわけではない。イワヤトに棲むスクナ族は、植物と動物の中間的な性質を持つ小人たちで、たまにこうして日の光を浴びないと動きが鈍くなってしまう。ひなたぼっこは船員法で定められた正当な権利だ。

「——大変、大変！　提督《ていとく》、早くブリッジに戻って！　アンバールが来た！」

叫びながら走ってきた副官を振り向き、タケハヤは目を丸くした。

「えっ、ほんとに？」

「ほんとほんと！　もうみんな動き出してるよ」

「実在したんだ。そういう設定の演習だと思ってたよ」

アドミラル・コートの内ポケットにパイプを仕舞い、早足で艦橋へと向かった。敬礼を向けてくる部下たちの間をすり抜け、艦長席につく。

海兵である自分にとって、ルゥ・シリーズとアンバールは、これまで馴染みのある存在ではなかった。空軍の連中が噂《うわさ》する伝説の戦士、万能者《イルダーナフ》……一度遊んでみたいと思っていた。部下たちも楽しみにしているようだ。

「よーし、じゃあ急ごう。早くしないと終わっちゃう。面舵《おもかじ》いっぱ——」

——どん。

号令を掛けようとした瞬間、激しい衝撃が艦体を貫いた。

「うわっ！　何、どうしたの？」

「え、えっと……右舷《うげん》船底に損傷、中破です！」

クルーのひとりが、慌てた様子で報告を上げてくる。

「待って待って、なんで船底？　魚雷でも受けた？」

タケハヤの問い掛けに答える者はなかった。艦橋内にはひたすら、戸惑いの空気だけが漂っていた。

戦艦カガミはその巨体を、複数のクルーの意識を超管制機関《パラ・アビオニクス・システム》によって統合して動かしている。そのうちのひとりとして状況を把握できていないというのは、ちょっと考えられない事態だ。

タケハヤ107は急ぎ自らも、カガミとの接続を開始した。接続率四〇……六〇……八〇パーセント……

——ずどん。

再び、船底に凄まじい振動があって、それを以てカガミは完全に撃沈された。一瞬接続できた間にわかったことは、謎の攻撃は艦の真下、海底から来たということだけだ。

自国イワヤトで目覚めたタケハヤは、他の艦に乗っていた部下たちにも尋ねて回ったが、何が起きたのかを理解している者はひとりもいなかった。


ヴォーダイン208にとって、それは待ち望んだ瞬間だった。

軍神と謳われた自分が、負けたままではいられない。なんとしても汚名を雪《そそ》がなければならない……仮想敵国ハイブラゼルの大教主、いけ好かないエルフの提案を呑み、『聖地』防衛に参戦した理由はそれだけだ。
聞くところによればアンバールには、ルゥ・シリーズの意識が複写されているらしい。それこそ望むところだ。
アンバールの咆哮が響き渡ったとき、ヴォーダインは歓喜の叫びを以て応えた。すぐさま接続深度を高め、指揮官機スレープニルと一体化する。
《続け、者ども！　奴を逃がすな！》
スレープニルは単機での戦いを好むが、今日は直属の部隊を率いていた。神々への敬愛の証明でもあり、アンバールを逃がさない為の垣根でもある。欲するのはただひとつ、誰もが憧れるような、伝説に残るような、威風堂々とした戦いのみ。
空の向こうに見えた機体目掛けて、スレープニルは特攻をかけた。八基のエンジンが噴き出す強力な対流は、戦乱の熱気そのものだ。
《待ちわびたぞ、アンバール！　さあ、わしと戦え！》
《……ああ、あんたか》
うんざりしたような波形が返る。
《急いでるんだ。相手をしてる暇はないよ》
《ははは！　またそうして油断を誘うつもりか？　同じ手は食わぬ……》
予《あら》め《かじ》策してあったとおり、三六機の飛行隊が散開し、包囲網を形成した。各機それぞれが名だたる英傑、数多の戦場を駆け抜け無数の首級を挙げてきた、グラズヘル空軍の精鋭たちだ。その動きは迅速《じんそく》で、一切の無駄がない。

《一騎打ちだ、アンバール。さもなくば、集中砲火あるのみ！》

返事はない。

此方を歯牙《しが》にも掛けないその態度には苛立ちを覚えたが、スレープニルに油断はなかった。ターゲットが射程に入ったときには、既にロックオンは終わっている。その全砲門から黒雲と業火《ごうか》の嵐が生み出されようとした寸前、一閃の剣光にも似て急襲した機影は、速度を落とさないまま包囲網へと突っ込んだ。

——爆発。

麾下の一機を巻き込んで爆散し、破片となって飛び散っていく。

《……なに？》

スレープニルは呆気に取られていた——自爆？　馬鹿な……これが決着だというのか？　こんな、つまらないものが……

そのとき、不意にレーダーに無数の反応が出現した。蒼穹の彼方より、数えきれないほどの所属不明機《アンノウン》が飛来したかと思えば、次々に精鋭たちへと自爆特攻を仕掛けていく。断末魔のような爆振が、幾重にも空を揺さぶった。

一瞬前まで僚機であった名残、残留する黒雲を切り裂いて、尚も飛来する破壊の流星群。その渦中《かちゅう》にて、スレープニルは我知らず叫んでいた。
《なんだ、これは！　アンバール、貴様いったい何をし――――！》
――ノイズ。

戦端が開いてものの数秒で、聖地防衛隊は半壊した。
エリュシオンの分隊長《キリアルコス》、アキレウス237は、配下のバトルフラッターが次々に墜とされていく様を、愛機ヴァリオスの複眼を通して観察していた。
ミュルミドーン族は二対《つい》四本の腕と外骨格を備えた二足歩行昆虫で、白兵戦では無類の強さを誇るが、いざ戦争となるといまいち勝率はよくない。しかしそれは純粋な兵器の性能差からくるものであり、兵士としての能力は他のデミ・ヒューマノイドに引けを取るものではないと自負していた。
《やれやれ、このままでは戦いにもならんな……すまんがみんな、盾になってくれ》
《了解《ラジャー》》
配下一機につき、数秒の猶予《ゆうよ》。割高な取引だが、とにかく今は敵の正体を見極めなければならない。
ひとつだけわかったのは、飛来する所属不明機《アンノウン》の大軍には、あらゆる生存圏の機体が混ざっているとことだ。まるで聖地防衛隊の鏡写しのように。そしてそれらは全て、どこかしらが破損していた。穴の開いた機体、錆びた翼、折れた尾翼……飛んでいること自体が奇跡のような機体も見られる。

やがてヴァリオスは、戦闘空域の遥か下方、紺碧の海原に、不思議な波が幾つも立っていることに気が付いた。

透明な海面が泡立ち、同心円状の波濤が生まれる——その中心から、フジツボに覆われた戦闘機の鼻先が突き出したかと思えば、ジェットエンジンから海水と炎を噴き出して飛翔し、戦線に加わっていく——そのとき、ヴァリオスはやっと、求めていた答えに辿り着いたことを理解した。

空域を無数に横切る軌跡のうちひとつが向かってくる。逃れ得ぬ破壊が自らに迫っているのを感じながら、ヴァリオスは軍用回線を開いた。

《エリュシオンのヴァリオスより報告。アンノウンは、廃棄された戦闘機だ。アンバールが遠隔操作しているものと思われる。繰り返す。アンノウンは……》

——爆。

エンシェント・ドライバ起動、メインポート開放——DONE。神経回路アクセス先、廃棄戦闘機群――DONE、接続確立――起きろ、起きろ、戦争の時間だ。

アンバールは戦場の片隅から、ひたすら指令を送り続けていた。海底に堆く積み重なった残骸、長い長い戦争ごっこが積み上げた兵器の地層へと向かって。

ほとんどの機体は、完全に壊れてしまって応答しない。しかし数百、数千機にひとつ、奇跡的に生きているものがある。それらに接続し、自己修復と改造を施した後、戦線に送り出す。ひたすらその繰り返し。地獄の門番にでもなったような気分だ。

思えばこの星で、自分以上に死に親しんだ者はない。だからこそ身に付けられた、禁忌の秘法――死者の軍勢を従える、死霊術《ネクロマンシー》。

そろそろタネが見破られる頃だろう。だが既に趨勢は決した。もはやこの空域を飛んでいるのは、生者より死者の方が多い。

《――アンバール、応答せよ、アンバール！》

突然、軍用回線に通信があった。識別信号によれば、相手はハイブラゼル空軍所属、制空戦闘機、ウェイブ・スウィーパー……データにない機体だ。新造機らしい。

《アンバール、ぼくだ、ルゥ73だ。返事をしてくれ》

――ああ……そうか、お前か。

それほどの驚きはなかった。予想していなかったわけではない。この気弱で不健康なハイ・エルフは、未だにお飾りの英雄を続けているようだ。少しだけ話をしてやろう。まんざら知らない仲でもないのだから。
《……降伏するならそうしろ。逃げるなら追いはしない》
冷酷な電波を返信してやると、ウェイブ・スウィーパーからは、親愛の情さえ感じられる、ぬるい波形が返ってきた。
《ああ、よかった……アンバール、お願いだ、ハイブラゼルに戻ってくれ！　きみとは戦いたくないいんだ！》
アンバールは思わず笑った。
《この戦局で降伏勧告とは……恐れ入るね》
戦乱の気配に満ち、美しいとは言い難いまだら色に染まった空。既に終わった者と、これから終わりゆく者が飛び交うこの空域にあって、未だ戦い続ける幾つかの機影がある。アンバールの端末である廃機軍と、互角に渡り合う者たちが。
稲妻のように戦場を閃《ひらめ》き、その軌跡に爆風を生み出していく青い残像、レーア。ミサイル掃射の大火力によって、死者の群れを圧倒している赤い陽炎、ガイネ。二機は無軌道に飛び回っているようでいて、正確にこちらの配置が薄い点を突いている。その先見的な動きを可能にしているのは、小隊の白い番犬、ファリニシュの眼だ。
現在この星に於いて、最強の誉《ほま》れを受ける小隊。今は遠くなってしまった、かつての部下たちの戦いぶりだった。クルワッハの姿が見当たらないが、どうせまた残機を切らしているのだろう。あの頃と決定的に違うのは、中央でふんぞり返っているのが自分ではないことだ。
ウェイブ・スウィーパー、金色の威光を纏う司令機は、切々と語った。
《なあ！　ぼくらは幾つもの戦場を、一緒に生き抜いてきた。最高のパートナーだったじゃないか！　どうして聖地に行こうなんて……》
……ああ、わかる。こいつが本心から言っていることが。あくまでデミ・ヒューマンらしく、清廉《せいれん》であろうとしていることが。その白々しさに気付かないで。
アンバールは、ルゥ小隊の周囲から廃機軍を一時撤退《てったい》させた。戦意と暴力、死と殲滅《せんめつ》で埋め尽くされた空域に、ふと生まれる間隙。嵐の前の静けさ。
距離を置いて睨み合う。
《……なあ、ルゥ。きみは今、幸せか？》
《なんだって？》
《ブリジッドという女の子を憶えているか？》
戸惑いに揺れる電波。
《ええと……待ってくれ、何の話だ？》
《……わからないならいいさ。邪魔するなら、きみでも容赦はしない》
説明したところで、なんの意味もない。彼には記憶がない。それはつまり、実感がないということだ。本当の想い出というものは、話して理解できるようなものではないのだから。期待するだけ無駄だった。
一方的に会話を切り上げると、全隊通信回線を開いた。
《ヴァハ、ホリン、ガヴィーダ。聞こえるか？　できれば戦いたくない。このまま帰ってくれないか？　最後通告だ》
《うわ、いきなり話しかけるなよ！　気持ち悪いなあ……波形が隊長にそっくりだ》
ファリニシュから返信、続いてガイネ。
《心を乱すな。どれだけ似ていても、倒すべき相手だ》
《そもそも似てない。私たちの隊長はひとりだけ》
最後にレーア……ちゃんと接続できたことを確認して、アンバールは続ける。
《きみらが何と言っても、ぼくはぼくだ。ぼく以外にはなれない。ルゥとして生きた想い出が、記憶領域にあるから》
何度となく捨てようとした。だが、捨てられなかった。ブリジッドを守ること、戦うこと以外は考えないはずの戦闘機なのに。今も彼らとこうして出会って、不思議な懐かしさを覚えている。こんな気持ちを神々は感傷と呼んだのだろう。
《出会ったとき、ホリンにお父さんと呼ばれたことも。ヴァハと冬の日、朝食を食べたことも。ガヴィーダには、ずっとヴァラーのお守りを押し付けてしまったね。申し訳なかった》
《……構わんよ。おれはおれで楽しかった》

《やめろってば！》
平静なガイネに被せるように、ファリニシュが苛立ちを叩きつける。
《そうやって情に訴えて、戦いづらくさせる気でしょ！　ほんとズルいんだから……ああもう、ムカつくなぁ！》
そうだ。実際のところ、戦闘用ＡＩとしての打算もある。ブリジッドの為、これは負けられない戦いなのだから。どんなことでも利用する。
彼らにとって感情はバグだ。少しでも照準が狂えばよし、そうでなくてもこの遣り取りの間に、周囲の戦闘はどんどん片が付いている。手が空いた戦力は全て此方に回せる。そうして今や、巨大な包囲網が完成しつつあった。
《……貴方はルゥじゃない。私は認めない。認めるわけにはいかない》
言い聞かせるように、レーア。アンバールにか、或いは自分にか。
《アンバール頼むよ、落ち着いてくれ。大丈夫、きみの身柄は保証する。ぼくがちゃんとみんなを説得するから》
全隊回線でも、ウェイブ・スウィーパーは空々しい説得を続けている。アンバールはいっそ穏やかに返す。
《無駄なんだよ、ルゥ。お前の言うことなんてマクリールは聞かない。それに、ぼくの身柄なんて正直どうだっていいんだ》

——何故わからない？　どうして忘れた？　ぼくやお前が守らなくて、誰がこの子を守るというんだ？

パイロットシートで、死んだように眠っている女の子。楽園から追い出され、忘れ去られた女の子。幽かな呼吸音だけが、彼女の抵抗の証《あかし》だ。自分がこれほど愚劣だったとは、知りたくない事実だった。これほど無能だとは。

……感情は電力消費が激しい。冷静にならなくては。とにかく準備は整った。球状に、等間隔に配置された全廃棄戦闘機群は、アンバールの号令を受けた瞬間、中心に向かって特攻を開始するだろう。迎撃も回避も不可能な、全方位自爆攻撃。

《——説得は無駄なようだな》

と、回線に新しいアカウントが割り込んできた。同時にアンバールは、端末機たちのレーダー網を通して、その存在を捉えている。

子午線湾《サイナス・メリディアニ》の東端、海上を滑るように向かってくる巨大構造体がある。島ほどもある巨体、海洋哺乳類を思わせるユーモラスな輪郭。それはルゥとして何度となく通った、見慣れた軍の基地《ベース》そのものだ。

ハイブラゼル軍の本拠地にして切り札、自律する超越武装、楽園の守護者——空中要塞《ようさい》アーガトラム。

《将軍、もう少しだけ時間をください！　必ず説得を……》

《ならん》
ウェイブ・スウィーパーの陳情を、アーガトラムは聞き入れなかった。
《奴を甘く見るな。時間を与えれば与えるほど、私らの勝機はなくなる》
《あんたまで来たのか。教団もいよいよ本気らしい》
アンバールは回線に、余裕の通信を飛ばした。弱気を見せればそこを突かれる。もう一度、英雄としての皮を被らなければ。
戦闘用ＡＩは記録をさらい、急ピッチで戦術の立て直しを始めている。アーガトラム、あれが相手となると簡単にはいかない。
巨体に見合った火力も持ち合わせているが、その本懐は防衛にある。リアルタイム・レーダーを始めとする防衛機構はロストテクノロジーの集合体であり、戦闘機大隊の猛攻を三日三晩しのぎ切ったという伝説が実《まこと》しやかに語られている。
《……アンバール、お前は辺境から出てくるべきではなかった。大れた望みさえ持たなければ、永らえる道もあっただろうに》
アーガトラムの発した哀れむような響きを、アンバールは一笑に付した。
《大それてなんかいない。あるべきものが、あるべきところに帰るだけだ》
《なあ、ルゥ。この世には何ひとつ、失われないものはないのだ。あの強大な神々でさえも滅びてしまった……お前は『彼女』の手を取って、平穏にその最期を看取《みと》るべきだったのだ。受

け入れるべきだったのだ》
はっとする。
《……あんたは憶えてるのか？　ブリジッドのことを》
《うむ。これでもハイ・エルフなのでな、マクリールも手は出せんのだ。リア・ファイルからは消去されているから、じきに忘れてしまうだろうが……》
《ヌァザ！　彼女はまだ生きてる。心臓が動いているんだ……生きてるんだよ！》
一拍、溜息の気配。
《……私はこれでも、お前に追跡が及ばないように手を尽くしていたんだぞ？　全て無駄になってしまったな》
《それには感謝する。ありがとう、将軍……よし、やろう》
戦術は構築し終えた。アーガトラムのただ一つの、そして最大の弱点は、長きに亘《わた》る戦いによって手の内が広く知られていることだ。ブラックボックスが多すぎて、機能の増設もできない。強敵だが老兵。勝ち筋は十分にある。
生身であるなら今まさに息を吸い、止めて、一撃を繰り出そうとしたその瞬間だった。
《——ッ!?》
アンバールは不意に、全身が粟立つような感覚に襲われた。生身であった頃の生存本能の名残か？　もしくは高度に連結されたセンサー群が、微弱な変化を捉えたのかもしれない。何かがやって来ようとしている。あらゆる定めを覆《くつがえ》し、混沌《こんとん》へと引きずり込むような嵐……

《よう、ルゥ！　久しぶりじゃねえか、ええ？》

殺意？　歓喜？　それとも愉悦？　回線がパンクしそうなほどの巨大な情報を引き連れて、その暗色の機体は高高度より飛来した。

宵闇を煮詰めたような翼、刺々しいボディ。吸気口《エア・インテーク》だろうか？　全身の至るところに、不気味なスリットが空いている。無数の切り傷のようにも見えるし、軟骨魚類の鰓《えら》のようにも見える。記憶にあるより一回り大きくなり、禍々《まがまが》しい印象が増しているが、間違えようもなかった。彼には散々追い回されたのだから。

《クルワッハ？　何故、お前が……》

アーガトラムから漂う、戸惑いの気配。クルワッハは応えず、切っ先を海に向けて落下しながら、奇妙な変形を見せた。

全身のスリットが捲《めく》れ上がるように開き、その奥にある球状の器官を露出させていく。器官は薄紫の光を帯びている。その光が素早く明滅したかと思えば、瞬時、凄まじい閃光となった。太陽が生まれ出たかと思えるほどの。

叫びも、悲鳴もなかった。虚空に刻まれた、何本もの光線の残像。それらはアーガトラムへと収束し、巨体を真っ向から串刺《くしざ》しにしていた。かつて不可侵と称された防衛システムを容易く貫いて。

――静寂。

一拍後、アーガトラムは大爆発を起こした。空気が焼けつき、オゾンが生じる。蒸発した海水が雲となり、衝撃は大波となって彼方まで運ばれていく。炎の照り返しを受けてなお黒く、機影は踊る。嘲笑うかのようなエルロン・ロール。

アンバールの演算回路が、高まりゆく恐怖と冷静な分析を、同時に叩き始めた――未知の直接エネルギー兵器、極めて高出力――絶望――兆候から発射までのタイムラグ、約一秒弱――守れない――あのスリットが全て射出口とするなら、範囲は全方位――ブリジッドを、守らなくては。

《お前、なにやってるんだ！　なんで将軍を！》

ウェイブ・スウィーパーが機首をクルワッハへと向ける。その強い語調の理由が、怒りではなく怯えであることが、アンバールにはわかる。

《爺《じい》さんは邪魔なんでな、ご退場いただいた。年寄りの冷や水は勘弁だぜ》

《ちょ……なんなんですか？　その兵装……》

愕然とした様子のファリニシュ。クルワッハは玩具《おもちゃ》を自慢する子どものような調子で、

《イカスだろ？　視線照準《アイ・トラッキング》の多連装レーザー砲だとさ。『邪眼《じゃがん》』っつうらしい。マクリールの野郎がくれてよォ》

――なんてことだ！

アンバールはすぐさま戦術脳を更新し、解析を始めた。まずい、まずい。マクリールの本当の奥の手は、小隊でも、もうひとりの自分でも、アーガトラムでもなかった——こいつだ！
《……大教主が許可したのか？　どう見ても超越指定だろう、それは》
問い詰めるガイネへと、うざったそうに、
《どうでもいいじゃねえか、ンなこたァ……それより、なんだてめえら？　さっきから聞いてりゃ、うだうだ無駄話しやがって。どっちが本物のルゥかだと？》
クルワッハのスリットが、再び開いていく。濃密な殺意を伴って。今のところ、思い付く対処法はひとつだけだ。やられる前に、やる——発射《フォックス・スリー》！
配置してあった廃機軍に、一斉に号令を飛ばした。球体を形作る包囲網が、瞬く間に小さくなっていく。中心にクルワッハを捉えて……だが、それらは全てフェイクだ。狙って、狙いすまして、ミサイルに火を入れた。
雲を引いて向かっていくミサイル、三〇、二〇……
《——んなモン、こうすりゃ一発だろうがッ！》
クルワッハが気勢と共に、全身から光を吐き出した。
悪意の迸り。恐るべき破滅の光。一本一本は細いが、センサーの表示でカンデラ値にエラーが出るほどの輝きを伴っている。それが全方位に放射された為、辺りは無尽の光輝に満たされた。溢れる死者も、僅かな生者も、等しく貫かれ灼《や》かれていく。

一瞬の光芒《こうぼう》の中、アンバールはできる限りの手を打っていた。端末機たちを突撃させたのは、少しでも遮蔽《しゃへい》ができればという狙いもあってのことだ。その上で、装甲の反射率を高め、対エネルギー防御を限界まで上げた。しかし、どれもが焼け石に水であることは、アンバール自身が誰よりもわかっていた。アーガトラムを一撃で破壊するほどの威力を相手に、どれだけ効果が見込めるかは、

――赫《かっ》。


……光の奔流が過ぎ去った。

結果として、アンバールはまだ飛んでいた。それもほとんど無傷のままで。信じがたい奇跡ではあるが、これは強運や神の手に因《よ》るものではない。閃光の最中《さなか》、アンバールは確かに見た。鮮やかな青い稲妻が、クルワッハと自分の間に奔ったのを。カメラの映像にも残っている。

《――大丈夫ですか？　ルゥ》

連続して爆発音が轟く中、何度となく聴いた言葉がＡＩ内に蘇り、軽いエラーを起こした。

どうして彼女が、今のアンバールを守ってくれたのか？　どれほど演算しても、それはきっとわからないだろう。この世にはわからないことばかりだ。あの子もまた、理不尽な衝動に突き動かされていたのだろうか？

そして今、目の前には、ただ皓々《こうこう》たる空と海だけがあった。死者も生者も、誰ひとり残っていなかった。

《――クハハハッ！　やっぱりあっちか。そうだろうと思ったぜ！》

がらんとした回線に、クルワッハの哄笑《こうしょう》が木霊する。

《見たか？　なあ、見ただろ？　邪魔な奴らは、全部俺が墜としてやった。こっからは俺たちの時間だ……そうだろ、ルゥ！》

実際のところ、状況が絶望的なことに変わりはなかった。端末機は全て墜とされ、今やアンバールは丸裸同然。しかし、どうあれ抗うだけだ。内燃炉が鼓動する限り。

爛然たる一瞬が過ぎ、アンバールはすぐさま行動した。機首を真上に向け、一気に空を駆け上がっていく。翼の先端が不格好な雲を引くのも構わずに。

《おいおい、大将ォ！　また追いかけっこかよ？　飽《あ》きちまったなァ……まァいい。今度こそ逃がしゃしねえ》

すぐさまクルワッハが追ってくる。愛執《あいしゅう》にも似た殺意を纏って。

此処が外洋上で、今が夏だったことは、不幸中の幸いだ。上空に峰を連ねる積乱雲の只中《ただなか》へと、アンバールは突っ込んだ。機体が揺れ、視界が白く煙る。

直接エネルギー兵器は濃い水蒸気の中では拡散し、威力が減衰する。それに視線照準《アイ・トラッキング》だというのなら、視認性を少しでも低くした方が生存率は上がるはずだ。脆弱な論拠ではあるが、できることは全てやるしかない。
左右に流れていく雲の回廊、後方から迫りくる、圧倒的なプレッシャー。引き離せない。
《ルゥ、ルゥ、なあルゥ、聞けよ。聞けって。面白い話があるんだ》
クルワッハは恐ろしい。その波形には友達と歓談する気安さと、煮え滾《たぎ》るような殺意が、矛盾なく同居している。
《俺はな、てめえを殺すために造られたんだそうだ。マクリールが言うにはな。ただそれだけのために、俺は生まれたんだってよ》
――なに？
《ヴァラー・シリーズは、ルゥ・シリーズの抑止力としてデザインされたんだとさ。いつか、てめえが叛逆したとき、止められるヤツが必要だってことでな……だからどんだけ感情キャリアーの兆候があっても、野放しにされてたってワケよ。それを知って俺ァ……ク、ククク、ハハハッ！　嬉しくッて、嬉しくッてよォー！》
クルワッハが歓喜の咆哮と共に、全身の球体砲塔から光線を放った。アンバールは神懸かった勘ばたらきで側転《ロール》し、乱暴な掃射を掻い潜る。熱された雲が爆発的に形を変え、気圧が激しく乱れる。
《つと、やべえ、レーザーが漏れちまった……ま、とにかくそういうこった。俺はてめえを追い続けるぜ。なんせ、そのために造られたんだからな！》

マクリール。楽園の闇。どこまでも立ちはだかるつもりらしい。

悪夢じみた話だ。クルワッハの妄執に、免罪符が与えられてしまった。あらゆるくびきから解き放たれて、これから彼は本当に、永遠にアンバールを追い続けるのだろう。

……いや、違う。

永遠なんてないのだ。今日、今ここで、クルワッハを墜として『聖地』に行けなければ、それで終わりだ。先のことに怯える必要はない。

――片を付けよう。

回避行動で傾いた姿勢から、アンバールは戦闘機動《コンバット・マニューバ》を開始した――そのまま半回転、天地が逆転する――機首仰角《ピッチアップ》、地表へと上昇――白い世界、軋む機体――回転していた地面が、再び正着する――なだらかなスプリット・エス。

追ってくる気配と、十字にすれ違う軌道に乗った。

残された最後の一撃――無誘導ロケットに火を灯し、クルワッハの進路上に置くように射出する……魔弾と呼ばれるそれを。

瞬息万変《しゅんそくばんぺん》の攻防。

クルワッハの視線がロケットを射貫《いぬ》き、その弾頭が炸裂するより早く、返す一瞥がアンバールを襲った。既に離脱行動を取っていたため直撃は避けられたものの、左翼が三分の一ほど切り飛ばされた。あまりにも鋭い切れ味で、音も衝撃もほとんどなかった。

雲の中でもこれとは、呆れるほどの高出力。加えて、敵機の反応の速さも異常だ。どうやら『邪眼』は、ただの砲塔というだけではなく、その名のとおりの感知力も備えているらしい。

鍔迫り合いのような一瞬が過ぎた。

《ヒャハハハハハーッ、やった！　やってやったぜ畜生《ちくしょう》ォーッ！》

クルワッハの哄笑が響く中、アンバールはコントロールを失い墜落していく。白い世界から飛び出せば、空と海、ふたつの青が万華鏡《まんげきょう》のように回る。ブリジッドにシートベルトをさせておいてよかった。そうでなければ今頃、凄惨《せいさん》なことになっていただろう。海面がみるみる近付いてくる。

——再燃焼《アフター・バーナー》。

強引な加速によって、機体を無理やり安定させた。残された翼で風を摑む。重心を把握し、対流と揚力を計上し、バランスを保つ。それはルゥがまだ弱兵と呼ばれていた頃、何度も何度も撃墜されながら、少しずつ身に付けていった技術だった。勇者たちに囲まれた臆病者が、怯えながら磨《みが》いた、生き残る知恵。

さて、どうする？　どうすればいい？　性能面から見て勝ち筋はない。諦めるという選択肢はないが。

「……ん、んっ……あら……？」

コックピット内、小さな身じろぎの気配。すぐさま音声ソフトを起動する。

「おはよう、ブリジッド。もう少し寝てていいよ」

計器類が瞬く星空にも似た暗闇を、ブリジッドはゆっくりと見渡した。

「ブリジッド……？　あ、そっか……うん、おはよう、ルゥ」

意識が混濁《こんだく》しているのか、その瞳は熱っぽく潤み、ぼんやりしている。

「えっと……あなた、戦ってるの？　なんだか騒がしいけど」

「今、ヴァラーに襲われてる」

ブリジッドは顔をしかめた。

「しつこいのよね、あいつ……それで、戦況は？」

「ええと……」

正直に答えるべきかは悩みどころだったが、隠し切れるものでもないだろう。説明することにした。ディスプレイをオンにすれば、コックピットに夏の景色が流れ込み、青い光に満たされた。

こっちは今しがた最後のミサイルを撃ったところで、残る武装はバルカンのみ、おまけに墜落寸前。対して向こうは、視線追跡式の直接エネルギー兵器を搭載、まだまだノーダメージで元気いっぱいだ。

話を聞いたブリジッドは、どこまでわかっているのか、ふんと鼻を鳴らした。

「つまり、ピンチってことね」

「作戦立案中だよ」

遥か上空、クルワッハが旋回するのが見えた。アンバールがまだ飛んでいることに気が付いたのだろう。追撃が来る。

ブリジッドは唇に指を当て、首を傾げた。

「そうね……『槍』を使ったらどうかしら？　あるでしょ」

「え？　あ、ああ……」

ブリジッドがアンバールの超越武装について知っていたことには、軽い驚きを覚えたが、考えてみればそれほど不思議でもなかった。ルゥの『槍』の武名は広くこの星に轟いているから、市民が知っていてもおかしくはない。

「それはぼくも考えたんだけど、無理だ。消費電力が大きすぎて準備に時間が掛かるし、その間ぼくはシャットダウンしなきゃいけない。ヴァラーがほっとかないよ」

「ねぇルゥ、答えて。『槍』が使えたら勝てる？」

噛んで含めるように尋ねられ、アンバールはすぐに戦術試算を開始した。無駄とか、無理とか、そんなことは考えなかった。求められたら答えるだけ。

極めて正確な分析力が可能とする時間旅行。阿頼耶の内に無数の未来が訪れ、阿摩羅の中に幾つもの勝利と敗北が通り過ぎていく。取り得ざる道が一つ一つ消えていき、最後に残ったのは一つの結論。

「……勝てる。『槍』さえ使えれば、誰にも負けない」

「オッケー、そしたらよろしく。後は任せて」

たおやかな手が操縦桿を摑んだ。まだぼんやりしているようでいて、その眼はぎらついた光を湛《たた》えている。痩せこけているくせに強く、命が萌えるように。

「えっ、そんな……無茶だよ！」

モニター越しの景色に青く染まりながら、ブリジッドは微笑みを浮かべた。戦場に向かう戦士が時折そうするように。

「あら心配？　でも、他に方法はないと思うわよ。それに……あなた、私に命を預けるなら、どうなったって納得できるんじゃない？」

海上を片翼で飛ぶアンバールを見つけたとき、クルワッハは悔しさや驚きよりむしろ、多幸感に打ち震えた――どうだ、見たかボケども！　あれがルゥだ、あれこそがルゥだ！　超越兵器さえ凌《しの》いでみせた！　これが見たかったんだ！
《フ、フハ、フハハハ、大将、流石だよ……やっぱりてめえは別格だ。まだまだ楽しませてくれるとはな……いきり立つぜ！》
機首を返し、追撃に掛かる。容赦はしない。そんなものは冒瀆だ。

《ハァイ、久しぶりね、ヴァラー。ちょっとは落ち着きなさい》
回線を震わせる、見慣れない波形。それがアンバールから発信されたものだとわかり、クルワッハは唖然とした。
《……誰だ、てめえ？》
《んー……それって実は、結構難しい質問なのよね。今は、ブリジッド？　って言ったたって、憶えてないのか》
電波の向こうの見知らぬ女は、悩ましげな様子だった。クルワッハに答えるというよりは、ほとんど独り言のように、
《大教主のやつ、よっぽど私を殺したくなかったみたい。まあ、死は神々だけに許された祝福だもんね。だから私は、『忘れられた女』にされたのよ》
《てめえ……ごちゃごちゃと意味のわかんねえことを！　ルゥはどうした！》
クルワッハは、胸中に生じた喜びが急速に萎《しぼ》んでいくのを感じていた。妙な女に水を差されたと思うと、激しい怒りが込み上げてくる。
《寝てるの。静かにしてあげて？　あなたうるさいから》
《……ハッ！　もういい。墜ちろ！》
《無理よ。あなたじゃ私を墜とせない。だってあなた、一度だって私に勝てたことなかったじゃない》

《……あァ？》
ふと冗談の気配が消える。
《ルゥは私が守るわ。何にも、誰にも……傷つけさせない》
これはアンバールの悪足掻きだと、クルワッハは解釈した。ＣＰＵがイカレたとか、飛ぶだけで精一杯とかで、やむを得ずこのおかしな女に操縦を代わったのだ。だったら何も変わらない。決闘はまだ続いているし、然るべき形で終わるだろう。
射程に捉えると同時、半自動で『邪眼』が放たれた。つまらない決着——と思った瞬間、アンバールは凄まじい加速を見せた。それまでの繊細な飛び方とはまるで違う。空を引き裂く力任せの軌道を描き、『邪眼』の威力範囲から抜けていく。
《流石、聖遺物！　いいエンジン積んでるわね！》
アンバールが歌う、高揚と歓喜の音色。
《あのね、ルゥったらずっと、本気でしてくれないの。私が壊れちゃうからって。もっと激しくたっていいのにね！》
《……クソ女が。煽ってるつもりか！》
落ち着け。上を取っているのはこっちだ。あんな飛び方は長くは続かない。操縦者も燃料ももたない。クルワッハもすぐさま加速し、アンバールを海面へと押さえ付けるように追い詰めていく。

やがて予想どおり、アンバールは減速した。再度、射程内。今度こそ必殺の間合い。
《いつまでも……足掻いてんじゃやねえーッ！》
閃光の驟雨《しゅうう》。海水が蒸発し、潮の匂いが爆発する。避けられるはずがなかった。確かに貫いたはずだった。それでも、アンバールはまだ飛んでいる。
《なんなんだ!?　クソッ！　この……墜ちろ！　墜ちやがれッ！》
焦燥に駆られて連射する。砲塔が焼け付き始めるが、それでもまだ墜ちない。まるで亡霊でも相手にしているかのようだ。しかし、砲塔がクールダウンを始めた頃、ようやくクルワッハの強化された視覚が、アンバールの絡繰《からく》りを暴いた。
わかってみれば何のことはない、単純な仕組みだった。アンバールは真銀《ミスリル》の変形機能を駆使し、自ら機体に穴を開けて、そこに光線を通しているのだった。極めて高い感応力が可能とする、繊細な真銀《ミスリル》の操作。理論上、不可能なことではない。何ひとつ超常的なことはない……だがそれは、紛《まが》うことなき神業。
地形が変わるほどの爆撃を、アンバールは踊るように飄々と潜り抜けていく。
《——なんでだ、てめえ！　なんでわかる、俺の狙いが！》
擽《くすぐ》るような微笑が返った。
《うふふ。だって私、娼婦だったのよ？　男が何処見てるかなんて、大体わかるわ。一〇〇〇年もやってたんだもの……さあ、ダンスを続けましょう。それとも、もう疲れちゃった？》

《バカな、そんな……畜生！》

クルワッハは追いすがり、アンバールは逃げ続けた。秒針の一打ちが、かけがえのない価値を持つ死地を飛び続けた。

長いような、短いような、熱狂の時間が過ぎていく……やがて、不意にアンバールは機首を上げ、片翼で高く飛翔した。老いさらばえた鳥が最後の命を燃やして飛んでいるかのような、不格好でよろめいた軌道で。三日月の縁をなぞるように、背面飛行へと移行していく。闇の底からねめつけるように、『邪眼』がその姿を見上げれば、銀の機影は夏の太陽に隠れた。

撃墜に許された最後の時間が、閃光の中に溶けていく……

《クソッ……てめえは、誰だ？　誰なんだ！》

クルワッハが呻いた。

アンバールから通信があった。電波の向こうからは、やり遂げたという安堵と、隠しようもない疲労の気配が感じられた。

《ダンスパーティーは終わりね、そろそろルゥが起きそうだわ。私もちょっと疲れちゃったし……ありがとね、相手してくれて。またいつか踊りましょ、パパ》

——まだ飛んでいる……？

ルゥとしての意識が再構成され、最初に浮かんだ疑問はそれだった。ブリジッドと一緒に墜ちるなら構わない——そんな諦念《ていねん》から操縦桿を委ねはしたが、彼女が怖い思いをしないかだけが心残りだった。

しかし今、逆さまのコックピットに座る憔悴《しょうすい》しきった少女の姿を見て、一切合切がどうでもいいと思い直した。きっと彼女が奇跡を起こしたのだ。命懸けの緊張と激しいGに耐え続けて、守り抜いてくれたのだ。それだけわかればいい。

アンバールは宙返り《ループ》の最中らしかった。太陽を抱いた姿勢で、クルワッハを見下ろしている。これ以上ないほど、完璧なバトンタッチだった。

《——待てよコラ、てめえこのクソ女！　勝ち逃げか！　どいつもこいつも……クソッ、クソッ、クソッ！》

クルワッハの怒号が轟く中、推力偏向《ベクタード・スラスト》を用いてピッチダウンし、機首を下方に向けた。既に『槍』の起動は終わっている。

ルゥの『槍』とは、ミサイルやバルカンやロケットのような、物理的な兵器を指すものではない。そういう明解な形状では搭載されていない。それは真銀《ミスリル》の構造式と変形プログラムを含む、ひとつの巨大なシステムの名称だ。

《クソ女って言うな、ヴァラー》

《てめえは……ルゥか？　いいぜ、どっちだっていい！　ぶち殺してぶち殺して、ぶち殺した

後にぶち殺してやらァ！》
　アンバールの全身に燐光が奔ると、変形は瞬く間に完了した。速度を生む為の機構は一度分解され、大小八基のジェネレーターを有する巨大な射出機構となった。今やアンバールは戦闘機というより、空飛ぶ砲身そのものと言った方が相応しい。美しい空を飛ぶ為に作られた全ては、反撃の為の武装となった。
《それは……『槍』か、クソッ！　やらせねえぞ！》
　クルワッハは黒い残像を引いて、アンバールへと突撃を掛けてきた。闇の底から、光の溢れる空へと向かって。
　アンバールの砲身が光を宿した。放出された荷電粒子が大気圏とせめぎ合い、子午線湾《サイナス・メリディアニ》の上空に、玉虫色の緞帳《どんちょう》を描き出す。オーロラだ。荘厳にして神妙なヴェールは、その内側に子午線の海を閉じ込めていく。互いの演算能が火花を散らし、夏が際限なく凝縮されていく……
　思えばクルワッハとは、もう長い付き合いだ。彼は追いかけ続けて、自分は逃げ続けて……こんな遠くまで来てしまった。妄執？　友情？　年月に熟成された感情は、とっくに元の形を失っている。
　照準を絞っていく。戦術回路が導き出した、最善の一手を打つ為に。ブリジッドが眠っていてくれてよかった。これからしようとしていることは、できれば見せたくない……少なくとも、彼女には絶対にさせられない。引き金を引くのは自分でなければならない。

――この殺意は、ぼくのものだ。
開かれたままの回線に、ひとつだけ意思を乗せた。
《……さよなら、ヴァラー》

――……。

音が消し飛んだ。続いて、風景が消し飛んだ。
天と地を繋ぐかのような、巨大な光の柱が立つ。それは海を割り、未だ分厚く海底に横たわる残骸の地層を露出させ、現世とあの世の境目すら曖昧にするかのようだった。星の表面を抉《えぐ》り取りながら角度を変えていき、やがて宇宙へと放出されていく……。

《――ク……ハハハッ！　まだだ！》
閃光の空に、クルワッハの波形が再起動した。『邪眼』の感知能力の全てを使い、『槍』の一撃を回避しきったのだ。余波で全身の装甲は溶けかけ、激しい光を見続けた球体砲台からは、粘性の保護液が垂れ流されていたが、まだ飛んでいた。
全身全霊の飛行で、アンバールへと我武者羅《がむしゃら》に向かってくる。その姿には、死の間際になんとしても相手を道連れにしようとする、手負いの獣の凄みがあった。

アンバールは冷静に返す。
《いや、もう終わりだ》
最後の仕込みは終わっている。『槍』を放った直後、戦闘機形態に戻ったアンバールはエンジンを振り絞り、一世一代の加速を開始していた。クルワッハが回避し得る軌道を計算し尽くし、其処に向かって突っ込むように。『槍』の余剰電力で、真銀《ミスリル》装甲の強度を極限まで高めてある。
ミサイルもロケットも撃ち尽くした今、最後に残された攻撃手段だった。機体そのものを魔弾とする奥の手。入射角を誤れば、アンバール自身も砕け散るだろう。ブリジッドの命を危険にさらしてでも、こうする以外にはなかった。
永遠に等しいほど引き延ばされた一瞬の中、自分を射線に捉えた銀の剣光を確認すると、クルワッハは驚愕の電波を発した。
《てめえ！　まさか……『槍』をおとりに使いやがったのか！》
《そもそも最初からお前を狙ってはいない……ぼくが狙ったのは、ハイブラゼルだ》
《……は？》
《観測範囲外だから、どうなったか正確にはわからないけど……多分、壊滅したと思うよ》
淡々と語るアンバールに、クルワッハは絶句した様子だった。
《な、そりゃ……ハイブラゼルを撃ったってのか！》

――そうだ。ぼくは故郷を滅ぼした。
《拠点を叩かないとキリがないからな。それにお前は、『邪眼』があれば避けるだろうとは思っていた。『槍』の放つ光で、一瞬でも目潰しできればよかったんだ》
これ以外の手は、どの未来予測にも存在しなかった。これだけが、たった一つのやり方だった。たった一つの残酷な。
林檎の木々がとこしえに歌う、あの美しい島を思い出せば、ＡＩの片隅に哀しみが去来した。もう二度と戻れない楽園。もしアナが見ていたら、怒るだろうか？　悲しむだろうか？　取り返しのつかない罪業。
《マジかよ……ははっ、お前マジかよ！　信じらんねえ……なんてヤツだ！》
クルワッハの思念が震えている。恐らく歓喜の響きだと思うが、どうして喜んでいるのか、理解は及ばない。
《……ごめんな。お前を殺してしまった》
リア・ファイル・システムの破壊。それは彼に、本当の意味での引導を渡したということだ。彼だけではない。全てのエルフから永遠を奪い去った。
《はァ？　おいおい、今更何だよ……いいか？　俺とお前はな、殺し合いをしたんだ！　他の奴らとは違う、本物の殺し合いだ。そうだろ？》
《……ああ、そうだ》

《楽しかったよな？　なァ！　だから気にすんな、俺ァこれでいい……上等だ》
避けきれないと察しているのか、殺意はもう感じられない。クルワッハの波形には、ただ親しげな響きだけがあった。
《……ま、最期までてめえの眼中になかったのは、気に食わねえけどな》
《お前のことは、ずっと見てたよ……ずっと、羨ましかった》
眼中になかったんじゃない。恐ろしくて……いや、羨ましくて、まともに見られなかっただけだ。いつだって自分勝手で、自由奔放なこいつが。
《そうかい？　奇遇だな、実は俺もさ！》
黒い意識が消えていく。何処とも知れぬ電磁の彼方へ。
《じゃあな、ルゥ……またいつか、やろうぜ》

――閃《せん》。

真一文字の紫電が過《よぎ》る。ほとんど衝撃すらなかった。
ハレーションが収まって、風景が輪郭と色を取り戻していく。風の歌声が、波の音色が戻ってくる。真っ二つになったクルワッハの残骸が、激しくうねる海流の中に墜ちていき、やがて死者の地層に混ざっていく。

切先一刀《きっさきいっとう》の下にクルワッハを斬り捨てたアンバールは、機体から余熱を排出しながら、彼方の母船へと機首を向けた。追っ手は来ないだろうが、急がなければ。ブリジッドの容体がいつまでもつかわからないのだから。

無線の届く距離まで近付き、接続を立ち上げる。

エンシェント・ドライバ起動、メインポート開放――DONE。神経回路アクセス先、移民船団母船――DONE、接続確立――データの開示を要求する。

母船は最高峰の聖遺物であり、教団が大切に管理してきた。未だに当時の機能を残している。アンバールの呼び掛けに応じて、太古のAIが覚醒した。

《ハロー、此方は移民船、ウトナピシュティム4です。データを開示します。ハードディスクの空き容量を確保し、安定した通信環境でダウンロードしてください》

何らかの認証が必要になるようなら、ハッキングを仕掛けなければならないだろうと思っていたが、ダウンロードはすぐに開始された。一〇パーセント……二〇パーセント……三〇パーセント……

《――何故、だ?》

その問いかけは不意に、薄暗い電波の彼方から届いた。厳冬の夜風に似た、何物をも凍《い》てつかせずにはいない気配を連れて。

《ルゥ……どうしてお前は……こんなことが、できるのだ……》

《……マクリール、生きていたのか》
《いや、死んだ……私も、私の同胞たちも、大勢……この意識は、ナノエレメンタル・クラウドに転写されたバックアップに過ぎない……すぐに、霧散する……》
電子の亡霊は囁く。
《だが、お前だけは許さぬ……よくも……アナが遺《のこ》してくださったものを……》
……おかしい。ダウンロードが進まない。
《何をした？　マクリール》
《マザーシップは、教団が管理していた……私は、お前より高位のアクセス権を持っているのだ……わかるか？》
澆薄《ぎょうはく》な死の闇の向こうに、老エルフの尽きせぬ悪意が凝結していく。
《今、データを削除しているところだよ……》
《馬鹿な！》
アンバールは叩き付けるような通信を送った。
《そんなことして何の意味がある？　やめてくれ！》
《ハ、ははは、アハははハッ！　アはアはははハ！》
通信回線を埋め尽くす哄笑。死の淵にあって、マクリールは完全におかしくなっていた。普段の彼なら、神々の遺産を消去するなど、絶対に取り得ない選択だっただろう。

《意味などない！　なくていい！　私もこの感情に身を委ねよう。そうすれば、少しはアナに近付けるかもしれん……絶望するがいい、ルゥ！》

最期に大きな木霊を残して、亡霊は霧散した……直後、マザーシップのＡＩが告げた。

《データの消去が完了しました》

アンバールは声にならない絶叫を上げた。

落ちて砕けた欠片を必死に拾い集めるように、マザーシップの主要データフォルダを何度も、隅々まで探す。無い、無い、無い……航行データは存在しない。

これだけが最後の希望だったのに。実質上、もうブリジッドを救う手立てはない……いや、そんな事実は認められない！　絶望はしない、足掻くだけだ……でも、どうやって？　足掻き方さえわからない。何もわからない。何も。

——ぼくは……失敗したのか。

大勢の同胞を殺した。故郷を滅ぼし、友と呼べる者たちさえ手に掛けた。そこまでしても、ブリジッドを助けられなかった。何の為の英雄だ。何が万能者《イルダーナフ》だ。今、生まれて初めて死にたいと思う。ブリジッドと一緒に。

弱まりゆくバイオログ……走馬灯にも似て、記録が再生を始める。初めて会った酒場、コンドミニアムのベッド、ベランダで食べた夕食。目まぐるしく変わる表情と、満面の笑顔……そして、色鮮やかな言葉が……

——忘れたくないことがたくさんあったから、日記を残していたんだわ。

……確信があったわけではない。ほとんど無意識のまま、アンバールは個別ディレクトリに収められた、船員たちの個人フォルダに手を伸ばした。

数千年もの間、誰にも忘れ去られたまま、そのデータは静かに眠っていた。航行データに比べればバイト数も少ない、ただのテキストファイル。

それは、女神の日記だ。

ダウンロードバーは一瞬でグリーンに変わった——九〇パーセント、一〇〇パーセント。ダウンロードが完了しました……

《——保存されたメッセージを再生します》

ファイルを開こうとしたとき、いきなり別のシステムが立ち上がったので、アンバールは驚いて少し飛び上がった。

映像データが勝手に再生され始める。フレームいっぱいに映し出される顔。瞬間、電波の限りを尽くして叫んでいた。

《アナ！》

記録にあるよりだいぶ若いが、見間違うはずがない。確かにアナだった。たった一瞬出会ったきり、永遠に遠くに行ってしまったひと。

　補正が掛かってはいるが、映像には僅かな手振れが見受けられた。誰か撮影者がいるようだ。背景は花畑で、色とりどりの花が咲き乱れている。

　いつ撮られたものだろう？　アナの外見から推察するならば、ハイブラゼル建国直後、エルフの第一世代が生まれ始めた頃か。ルゥ・シリーズが生まれる前。不可逆なはずの時間が、巻き戻っていく錯覚。

『さてさて、誰だろう？　私の愛しい子どもたちかね。この船のデータベースにアクセスするってことは、星を出る決意が固まったってことだろうか……そうだといいなと、私は思っているんだ』

　アナは朗らかに微笑んでいる。彼女と言葉を交わしたかった。これまでの苦労と頑張りを話して、労ってもらって……それから、相談したかった。これからどうしたらいい？　確かな未来を示してもらいたかった。一言だけでもいいから。

　でもそれは叶わない。これは映像だから。会話はできない。できないんだ。

『私たちはかつて、長い旅をしてこの星にやってきた。あの暗く果てしない星の海を抜けて。求めたものがあったからだ。お前の心に、その衝動が生まれたとしたら、私はそれが何より嬉しい』

《アナ！》

叫ばずにはいられなかった。届かないとわかっていても。話したいことが、いっぱいあるのに、彼女には、此処とは違う時間が流れている。

『遠いあの日々の熱が、今も私の胸を焦がしている……さあ、何処までも行くといい。幸運を祈っているよ』

映像が終わり、自動で接続が切れた。

……データを開いてみる。そこには簡素ながら、暗い夜の彼方へ向かう航路と、マザーシップの推移データが書き連ねられていた。一日とて欠かさずに。何一つ忘れないように。誰よりも賢く優しかった女神が、最後に託してくれたもの。

彼女はどこまでわかっていたのだろう？　想像もつかない。

《……ありがとう、アナ》

古い祝福と、新たな決意。地下都市《ジオフロント》のロボットたちに借りた、燃料と食料。それから、青い空と海……足りないものは、もう何ひとつなかった。アンバールはデータに基《もと》づいて、自らの機体を改造した。星の海を渡るだけの力を得る為に。真銀《ミスリル》は求めに応じて、すぐさまそれまでの姿を捨て去った。大切なものは幾らもない。

今、船出が近付くこのとき、アンバールは一度だけ後部カメラを確認してみた。自分たちが捨て去ろうとしているものを、メモリに収めておこうと思ったから。この鮮烈な夏を。通り過ぎていく青い季節を。

神々の愛に満ちたこの星では、誰もが居場所と役割を持っていた。ならば自分の役割とはなんだったのだろう？　ブリジッドは？　小隊のみんなや、大教主……デミ・ヒューマンや、地底のロボットたち。みんな、何の為に存在していたのだろう？

いつだったかアナは、それを探してくれと言っていた。今ならわかる気がする。その理由も、答えも。

ブリジッドと出会えてよかった。しかし今は、出会わなければよかったかもしれないとも思う。そうであれば、彼女がこれほど苦しむこともなかっただろうし、これほど別れに怯えることもなかっただろう。

良いことも悪いことも、なにもかも合わせて……それでもよかったと思える誰かと出会えたことは、あまりにも奇跡だ。

罪業も愛憎も抱えたまま、遠く、遥か遠くに。

「……行こう、ブリジッド」

《ええ、楽しみね！》

やがて、ひとすじの銀の流星が、抜けるように青い空を逆さまに切り裂いていった。幾許《いくばく》かの時が過ぎ、戦乱の黒煙が風に吹き散らされていき、逆巻いていた海が元の静けさを取り戻すと、後には穏やかな夏の海が揺蕩っているばかりだった。

――叛逆の戦闘機と忘れられた少女が、無事『聖地』に辿り着けたかどうかは、わからない。

何故なら、ふたりが焦がれ目指した其処は、私やあなたがたの未来だからだ。

あとがき

２０１１／02／11　６：11。

執筆用フォルダの中にある、最も古いテキストファイルの更新日時には、こうあった。なんてことだ！　十年以上もこの作品を書いていたことになる。

始まりはなんだっけ？　当時話題になっていた、いわゆるゼロ年代ＳＦというものを読んで、度肝《どぎも》を抜かれて、僕も書いてみたいと思った時だっけ？

それから、友人であり作家である松山《しょうやま》シュウと語り合う機会があって。共通の友人の家に泊まった夜更《よふ》け、深夜のテンションで。議題は「好きなヒロイン像について」。松山は迷いもなく「ＡＩの女の子」と言い、「肉体がない方が切なさがあっていい」というようなことを言った。当時の僕は「こいつ、ぶっとんでる……！」と驚いて、女の子に肉体がないのは切なすぎる気がするなと、ぼんやり考えた。

そういう一連の流れからプロットを立てて、執筆を始めて……気が付いたら十年経っていた。この十年、いいことも悪いこともたくさんあったけど、どうにか生きて、こうして本も出してもらえるというのは、とても幸せなことだ。ＳＦはやめておいた方がいい、という忠告も何度か受けたし、売れないからやめようという忠告もあった。それでも売ってもらえるというのは、ありがたいことだ。

この作品は僕にとってのライフワークになっていて、それは同時に呪いのようなものでもあって、書き上げなければ新しい場所に行けない気がしていた。本当に十年かけただけの作品になっているの？　という点については、少しだけ不安もあるけど。そこは読者のみなさんにお任せするとして、今はとにかく形にできたことが嬉しくて、心地よい疲労感に浸っている。

松山以外にもお世話になった人はもちろんいるし、話を聞いてもらったり、相談に乗ってもらったり、全員分のエピソードを書きたいところだけど。さすがに十年分は二ページには収まらなさそうだから、別の機会にさせてもらいたい。

最後に、この本を手に取ってくれたあなたに。本当に、心からありがとう。誰かに伝えるために筆を執《と》って、あなたに届いたことは奇跡だから。楽しんでもらえたら嬉しい。

多宇部《たうべ》　貞人《さだと》

本書は書き下ろしです。

IIV
イルダーナフ
—End of Cycle—

著　者｜多《た》宇《う》部《べ》貞《さだ》人《と》
イラスト｜コレフジ

2021年 8 月25日　初版発行

発行者｜鈴木一智
発　行｜株式会社ドワンゴ
〒104-0061
東京都中央区銀座4-12-15 歌舞伎座タワー
ⅡⅤ編集部：iiv_info@dwango.co.jp
ⅡⅤ公式サイト：https://twofive-iiv.jp/
ご質問等につきましては、IIVのメールアドレスまたはIIV公式サイト内「お問い合わせ」よりご連絡ください。
※内容によっては、お答えできない場合があります。
※サポートは日本国内のみとさせていただきます。
※Japanese text only
発　売｜株式会社KADOKAWA
〒102-8177
東京都千代田区富士見2-13-3
https://www.kadokawa.co.jp/
書籍のご購入につきましては、KADOKAWA購入窓口0570-002-008(ナビダイヤル)にご連絡ください。
印刷・製本｜株式会社暁印刷

ISBN978-4-04-893088-8　C0093
Printed in Japan